四庫全書宋詞别集叢刊

十九

夢窗稿

吳文英

四庫全書
宋詞別集
叢刊 十九

商務印書館

欽定四庫全書　　集部十

夢窻稿　　詞曲類　詞集之屬

提要

臣等謹案夢窻稿四卷補遺一卷宋吳文英撰文英字君特夢窻其自號也慶元人所著詞有甲乙丙丁四稿毛晉初得其丙丁二稿刻於宋詞第五集中復摭其絶筆一篇佚詞九篇附於卷末續乃得甲乙二稿刻之第六

集中晉原跋可考此本即晉所刻而四稿合
爲一集則又後人所移併也所録絶筆鶯啼
序一首殘闕過半而乃有全文在乙稿補遺
之中絳都春一首亦先載於乙稿令卷末仍
未削去是亦刊非一時失於檢校之故矣其
分爲四集之由不甚可解晉跋稱文英謝世
之後同游集其丙丁兩年稿釐爲二卷案文
英卒於淳祐十一年辛亥不應獨丙丁二年

有詞且丙稿有乙巳所作永遇樂甲辰所作滿江紅而丙午歲旦一首乃介於其中丁稿有癸卯所作思佳客壬寅所作六醜甲辰所作鳳棲梧而丙午所作西江月亦在卷内則丙丁二稿不應分屬丙丁二年且甲稿有癸卯作乙稿有端平丙申作淳祐辛亥作亦絶不以編年為序疑其初不自收拾後裒輯舊作得一卷即為一集以十干為之標目原未

嘗排比先後耳乾隆四十九年九月恭校上

總纂官臣紀昀臣陸錫熊臣孫士毅

總校官臣陸費墀

欽定四庫全書

夢窻甲稿

宋 吳文英 撰

鎖寒窻 玉蘭

紺縷堆雲清顋潤玉記人初見蠻腥未洗梅谷一懷悽惋渺征槎去乘閬風占香上國幽心展遺芳揜色眞姿凝淡返魂騷畹一盼千金換又笑伴鴟夷共歸吳苑離煙恨水夢杳南天秋晚比來時瘦肌更銷冷薰沁骨

悲鄉遠最傷情送客咸陽佩結西風怨

尉遲杯　賦楊公小蓬萊

垂楊逕洞鑰啟時遣流鶯迎涓涓暗谷流紅應有緗桃千頃臨池笑靨春色滿銅華弄妝影記年時試酒新陰褪花曾采新杏　蛛窻繡網玄經纔石研開奩雨潤雲凝小小蓬萊香一掬愁不到朱嬌翠靚清樽伴人間永日斷琴和棊聲竹露冷笑從前醉臥紅塵不知仙在人境

渡江雲 西湖清明

羞紅顰淺恨晚風未落片繡點重茵舊隄分燕尾桂棹輕鷗寶勒倚殘雲千絲怨碧漸路入仙塢迷津腸謾回隔花時見背面楚腰身　逡巡題門惆悵墮履牽縈數幽期難准還始覺留情緣寬帶眼因春明朝事與孤煙冷做滿湖風雨愁人山黛暝澄波淡綠無痕

霜葉飛 重九

斷煙離緒關心事斜陽紅隱霜樹半壺秋水薦黃花香

欽定四庫全書　

噀西風雨縱玉勒輕飛迅羽悽涼誰弔荒臺古記醉踏
南屏彩扇咽寒蟬倦夢不知蠻素　聊對舊節傳杯塵
牋蠹管斷闋經歲慵賦小蟾斜影轉東籬夜冷残蛩語
早白髮緣愁萬縷驚飇從捲烏紗去謾細將茱萸看但
約明年翠微高處

瑞鶴仙 秋感

淚荷拋碎璧正漏雲篩雨斜捎窻隙林聲怨秋色對小
山不迭寸眉愁碧涼欺岸幘暮砧催銀屏翦尺最無聊

燕去堂空舊幙暗塵羅額　行客西園有分斷柳凄花
似曾相識西風破屐林下路水邊石念寒蛩殘夢歸鴻
心事那聽江村夜笛看雪飛蘋底蘆稍未如鬢白

又　春感

晴絲牽緒亂對滄江斜日花飛人遠垂楊暗芙苑正旗
亭烟冷河橋風暖蘭情蕙盼惹相思春根酒畔又爭如
吟骨縈消漸把舊衫重翦　漢斷流紅千浪缺月孤樓
總難留燕歌塵凝扇待憑信拚分鈿試挑燈欲寫還依

不忍牋幅偷和淚捲寄殘雲剩雨蓬萊也應夢見

又　贈絲鞵莊生

藕心抽瑩繭引翠鍼行處冰花成片金門從迴輦兩玉舄飛上繡絨塵輭絲絇侍宴曳天香春風宛轉傍星辰直上無聲緩躡素雲歸晚　寄跡平康得意醉踏香泥潤紅沾線良工詑見吳蠶唾海沉檀任眞珠妝綴春巾客屨今日風流霧散侍宣供禹步晨遊退朝燕殿

又　餞郎糾曹之嚴陵分韻得直字

夜寒吴館窄漸酒闌燭暗猶分香澤輕飀展為翩送高鴻飛過長安南陌漁磯舊迹有陳蕃虛床挂壁掩庭扉蛛網黏花細草靜搖春碧　還憶洛陽年少風露秋檠歲華如昔長吟墮幘暮潮送富春客算玉堂不染梅花清夢宮漏聲中夜直正逋仙清瘦黄昏幾時覓得

又　贈道女陳華山内夫人

綵雲棲翡翠聽鳳笙吹下飛軿天際晴霞翦輕袂澹春姿雪態寒梅清泚東皇有意旋安排闌干十二早不知

為雨為雲盡日建章門閉　堪比紅綃纖素紫燕輕盈
内家標致游仙舊事星斗下夜香裡想華胥幾摺紙屏
横幅春色長供午睡更醉乗玉井秋風采花弄水

滿江紅　澱山湖

雲氣樓臺分一派滄浪翠蓬開小景玉盆寒浸巧石盤
松風送流花時過岍浪揺晴棟欲飛空算鮫宫祗隔一
紅塵無路通　神女駕凌曉風明月佩響丁東對兩蛾
猶鎖怨緑烟中秋色未教飛盡鴈夕陽長是墜疎鐘又

一聲款乃過前巖移釣蓬

解連環 秋情

暮簷涼薄疑清風動竹故人來邀漸夜入闌引流螢弄微照素懷暗呈纖白夢遠雙成鳳笙杳玉繩西落掩練帷倦入又惹舊愁汗香闌角　銀瓶恨沉斷索歎梧桐未秋露井先覺抱素影明月空閑早塵損丹青楚山依約翠冷紅衰怕驚起西池魚躍記湘娥絳綃暗解褪花墜萼

又　留別姜石帚

思和雲結斷江樓望睫雁飛無極正岸柳衰不堪攀忍持贈故人送秋行色歲晚來時暗香亂石橋南北又長亭暮雪點點淚痕總成相憶　杯前寸陰似擲幾酬花倡月連夜浮白省聽風聽雨笙簫向別枕倦醒絮颸空碧片葉愁紅趁一舸西風潮汐歎滄波路長夢短甚時到得

夜飛鵲　蔡司戶席上南花

金規印遥漢庭浪無紋清雪冷沁花薰天街曾醉美人畔涼枝移揷烏巾西風驟驚散念枝懸愁結蔕翦離痕中郎舊恨寄横竹吹裂哀雲　空剩露華烟彩人影斷幽芬深閉千門渾似飛仙入夢羅襪微步流水青蘋輕冰潤悵今朝不共清尊怕雲槎來晩流紅信杳縈斷秋魂

一寸金　贈筆工劉衍

秋入中山臂隼牽盧縱長獵見駭毛飛雪章臺獻頴臞

腰束縞湯沐疏邑筤管刋瓊牒蒼梧恨帝娥暗泣陶郎老憔悴玄香禁苑猶催夜俱入　自歎江湖雕𧕍心盡相攜蠹魚篋念醉魂悠颺折釵錦字黥髯撇舞流觴春帖還倚荆溪幟金刀氏尚傳舊業勞君為脫帽篷窻寫情題水葉

又　秋感

秋壓更長看見姮娥瘦如束正古花揺落寒蛩滿地參梅吹老玉龍横笛霜被芙蓉宿紅錦透尚欺暗燭年年

記一種淒涼繡幌金圓挂香玉　頑老情懷都無懽事良宵愛幽燭歎畫圖難倣橘村砧思笠蓑有約蓴洲魚屋心景憑誰語商絃重袖寒轉軸疎籬下試覓重陽醉擘青露菊

遶佛閣　旅思

暗塵四斂樓觀迥出高映孤館清漏將短厭聞夜久籤聲動書幔桂花又滿閒步露草偏愛幽遠花氣清婉望中迤邐城陰度河岍　倦客最蕭索醉倚斜陽穿柳綫還似

汴隄虹梁横水面看浪颭春燈舟下如箭此行重見歎故友難逢羈思空亂兩眉愁向誰舒展

拜新月慢　姜石帚以盆蓮數十置中庭宴客其中

絳雪生涼碧霞籠夜小立中庭蕪地昨夢西湖老扁舟身世歎遊蕩暫賞吟花酌露樽俎冷玉紅香罍洗眼眩意迷古陶洲十里　翠參差淡月平芳砌甎花滉小浪魚鱗起霧盎淺障青羅洗湘娥春膩蕩蘭煙麝馥濃侵酒吹不散繡屋重門閉又怕便緑減西風泣秋檠燭外

水龍吟 惠山酌泉

艷陽不到青山，古陰冷翠成秋苑。吳娃點黛，江妃擁髻，空濛遮斷。樹密藏溪，草深迷市，峭雲一片。二十年舊夢，輕鷗素約，霜絲亂，朱顏變。　龍吻春霏玉濺。煮銀瓶、羊腸車轉。臨泉照影，清寒沁骨，客塵都浣。鴻漸重來，夜深華表，露零鶴怨。把閑愁換與，樓前晚色，棹滄波遠。

又 賦張斗墅家古松五粒

有人獨立空山，翠髯未覺霜顏老。新香秀粒，濃光綠浸千年春小布影參旗障空雲蓋沉沉秋曉駟蒼虬萬里笙吹鳳女驂飛乘天風裊　般巧霜斤不到漢遊仙相從最早皺鱗細雨層陰藏月朱弦古調問訊東橋故人南嶺倚天長嘯待凌霄謝了山深歲晚素心財表

又　壽尹梅津

望春樓外滄波舊年照眼青銅鏡煉成寶月飛來天上銀河流影紺玉鉤簾處橫犀麈天香分鼎記般雲殿瑣裁花翦露曲江畔春風勁　槐省紅塵晝靜午朝回吟

生晚興春霖繡筆鶯邊清曉金絨旋整閬苑芝仙貌生綃對緑窗深景弄瓊英數點宮梅信早占年光永

又　送萬信州

幾番時事重論座中共惜斜陽下今朝翦柳東風送客功名近也約住飛花暫聽留燕更攀情話問千牙過闕一封入奏忠孝事都應寫　聞道蘭臺清暇幾鴟夷烟江一舸貞元舊曲如今誰聽惟公和寡兒騎空迎舜瞳回盼玉階前借便急回暖律天邊海上正春寒夜

又 癸卯元夕

淡雲籠月微黄柳絲淺色東風染夜寒舊事春期新恨眉山碧遠塵陌飄香繡簾垂户趁時妝面鈿車催去急珠囊袖冷愁如海情一綫　猶記初來吳苑未清霜飛驚霜鬢嬉遊是處風光無際舞葱歌扇陳迹征衫老容華鏡懽悰都散向殘燈夢短梅花曉角為誰吟怨

玉燭新 春情

花穿簾隙透向夢裏消春酒中延晝嫩篁細搯相思字

憻粉輕粘沾練袖章臺別後展繡絡紅蔫香舊無人處應數歸舟愁凝畫闌眉柳　移燈夜語西窗逗曉帳迷香問何時又素紈乍試還憶是繡懶思酸時候芳蘭清蕙總未比蛾眉螓首誰愬與惟有金籠春簧細奏

解語花 梅花

門橫皺碧路入蒼烟春近江南岸暮寒如剪臨溪影一一半斜清淺飛霙弄晚蕩千里暗香平遠端正看瓊樹三枝總似蘭昌見　酥瑩雲容夜暖伴蘭翹清瘦蕭鳳

粲婉冷雲荒翠幽棲久無語暗申眷怨東風半面料准
擬何郎詞卷歡未闌烟雨青黄空晝陰庭館

慶宫春 旅思 附清真

雲接平岡山圍寒野路回漸轉孤城衰柳啼鴉驚風驅
雁動人一片秋聲倦途休駕淡烟裏微茫見星塵埃憔
悴生怕黄昏離思牽縈 華堂舊日逢迎花艷參差香
露飄零絃管當頭偏憐嬌鳳夜深簧暖笙清眼波傳意
恨密約幽怨未成許多煩惱只為當時一餉留情

宴清都 連理海棠

繡幄鴛鴦柱紅清密膩雲低護秦樹芳根兼倚花梢鈿合錦屏人妒東風睡足交枝正夢枕瑤釵燕股障灔蠟滿照歡藂嫠蟾冷落羞度　人間萬感幽單華清慣浴春盎風露連鬟並煖同心共結向承恩處憑誰為歌長恨暗殿鎖秋燈夜語敘舊期不負春盟紅朝翠暮

又 壽榮王夫人

萬壑蓬萊路霏烟霽五雲城闕深處璇源媲鳳瑤池種

玉煉顏金姥長虹夢入僊懷便洗日銅華翠渚向瑞世獨占長春蟠桃正飽風露　懇勤漢殿傳卮隔江雲起暗飛青羽南山壽石東周寶鼎千秋鞏固何時地拂龍衣待迎入玉京閶闔看佩環騰擁湖船三千綵御

又　秋感

萬里關河眼愁凝處渺渺残照紅斂天低遠樹潮分斷巷路迴淮甸吟鞭又指孤店對玉露金風送晚恨自古才子佳人此景此情多感　吳王故苑別來良朋雅集

空歎蓬轉揮毫記燭飛觴趁月夢消香斷區區去情何限倩片紙丁寧過雁寄相思寒雨燈窗芙蓉舊院

齊天樂 齊雲樓

凌朝一片陽臺影飛來太空不去棟與參橫簾鉤斗曲西北城高幾許天聲佀語便閶闔輕排虹河平遡問幾陰晴霸吳平地謾今古　西山橫黛瞰碧眼明應不到烟際沉鷺臥笛長吟層霾乍裂寒月溟濛千里憑虛醉舞夢凝白闌干化為飛霧浮洗青紅驟飛滄海雨

又 春暮

新烟初試花如夢疑收楚峰殘雨茂苑人歸秦樓燕宿同惜天涯為旅遊情最苦早柔緑迷津亂莎荒圃數樹梨花晚風吹墮半汀鷺流紅江上去遠翠尊曾共醉雲外别墅淡月秋千幽香巷陌愁結傷春深處聽歌看舞駐不得當時柳蠻櫻素睡起㦬㦬洞簫誰院宇

又 别情

烟波桃葉西陵路十年斷魂潮尾古柳重攀輕漚聚别

陳迹危亭獨倚涼颸乍起渺烟磧飛帆暮山横翠但有江花共臨秋鏡照憔悴　華堂燭暗送客眼波回盼處芳艷流水素骨凝冰柔葱蘸雪猶憶分瓜深意清尊未洗夢不溼行雲漫沾殘淚可惜秋宵亂蛩疎雨裏

又　壽榮王夫人

玉皇重賜瑶池宴瓊筵第二十四萬象澄秋羣裾曳玉清澈冰壺人世鼇峰對起許分得鈞天鳳絲龍吹翠羽飛來舞鸞曾賦曼桃字　鶴胎曾夢電繞桂根看騶長

玉幹金莖少海波新芳薫露滴涼入堂階綵戲香霖乍
洗擁蓮媛三千羽裳風珮聖姥朝元煉顏銀漢水

又 贈姜石帚

餘香纔潤鸞綃汗秋風夜來先起霧鎖林深藍浮野濶
一笛漁蓑漚際紅塵萬里就中決銀河冷涵空翠岸嘴
沙平水楊陰下晚初艤 桃溪人住最久浪吟誰得到
蘭蕙疏綺研色寒雲籤聲亂葉蘄竹簟紋如水笙歌醉
裏步明月丁東靜傳環珮更展芳塘種花招燕子

掃花游 西湖寒食

冷空淡碧帶翳柳輕雲護花深霧艷晨易午正笙簫競
波綺羅爭路驟捲風埃半掩長娥翠嫵散紅縷漸紅溼
杏泥愁燕無語　乘盖爭避處就解珮旗亭故人相遇
恨春太妒濺行裙更惜鳳鈎塵汚酹入梅根萬點啼痕
暗樹峭寒暮更蕭蕭隴頭人去

又 春雪

水雲共色漸斷岸飛花雨聲初峭步帷素褭想玉人誤

惜章臺春老岫斂愁蛾半洗鉛華未曉艤輕棹似山陰夜晴乘興初到 心事春縹緲記徧地梨花弄月斜照舊時鬬草恨淩波路鑰小庭深窈凍澁瓊簫漸入東風郢調暖回早醉西園亂紅休掃

又 贈芸隱

草生夢碧正燕子簾幃影遲春午倦茶薦乳看風籤亂葉老沙昏雨古簡蟫篇種得雲根療蠹最清楚帶明月自鋤花外幽圃 醒眼看醉舞到應事無心與閒同趣

小山有語恨逋僊占却暗香吟賦暖逼書牀帶草春揺翠露未歸去正長安軟紅如霧

又 送春古江村

水園沁碧驟夜雨飄紅竟空林島艷春過了有塵香墜鈿尚遺芳草步繞新陰漸覺交枝逕小醉深窮愛緑葉翠圓勝看花好　芳架雪未掃怪翠被佳人困迷清曉柳絲繫棹問閶門自古送春多少倦蝶慵飛故撲簪花破帽酹殘照掩重城暮鍾不到

應天長 吳門元夕

麗花鬬靨清麝濺塵春聲徧漏芳陌竟路障空雲幕冰壺浸霞色芙蓉詞賦客競繡筆醉嫌天色作窄素娥下小駐輕鑣眼亂紅碧前事頓非昔故苑年光渾與世相隔向暮巷空人絕殘燈耿塵壁凌波恨簾户寂聽怨寫墮梅哀笛竚立久雨暗河橋譙漏疎滴

風流子 芍藥

金谷已空塵薰風轉國色返春魂半欹雪醉霜舞低鸞

翅絳籠螢炬綠映龍盆窈窕繡窻人睡起臨砌脉無言慵整墮鬟怨時遲暮可憐憔悴啼雨黄昏　輕橈移花市秋娘渡飛浪濺溼行裙二十四橋南北羅薦香分念碎劈芳心縈思千縷贈將幽素偷剪重雲終待鳳池歸去催詠紅翻

又前題

温柔酣紫曲揚州路夢遶翠盤龍侶日長傍枕墮粧偏鬢露濃如酒微醉欹紅自别楚嬌天正遠傾國見吳宮

銀燭夜闌暗閒香澤翠陰秋寂重返春風　芳期嗟輕
誤詫君去腸斷妾若為容惆悵舞衣疊損露綺千重料
繡窻曲理紅牙拍碎禁階敲徧白玉盂空猶記弄花相
謔十二闌東

過秦樓　芙蓉

藻國淒迷麴塵澄映怨入粉烟藍霧香籠麝水膩漲紅
波一鏡萬妝爭妒湘女歸魂珮環玉冷無聲凝情誰想
又江空月墮凌波塵起綵鴛愁舞　還暗憶鈿合藍橋

絲牽瓊腕見的更憐心苦玲瓏翠屋輕薄冰綃穩稱錦雲留住生怕哀蟬暗驚秋被紅衰啼珠零露能去聲西風老盡羞趂東風嫁與

還京樂 箏篁琵琶方響迭奏

宴蘭溆促奏絲縈筦裂飛繁響似漢宫人去夜深獨語胡沙凄哽對雁斜玫柱瓊瓊弄玉臨秋影風吹遠河漢去槎天風吹冷　汎清商竟轉銅壺敲漏瑶牀二八青娥環珮再整菱歌四碧無聲變須臾翠翳紅暝歎梨園

令調絶音希愁深未醒桂檝輕如翼歸霞時點清鏡

塞翁吟 贈宏菴

草色新宮綬還跨紫陌驕驄好花是晩開紅冷菊最香濃黄簾翠幕難成夢燈外换幾秋風敘往約桂花宫為别翦珍藂 雕襲行人去秦腰褪玉心事稱吴女暈濃向春夜閨情賦就想初寄上國書時唱入眉峰歸來共酒窈窕紋窗蓮卸新蓬

丁香結 秋日海棠

香娲紅霏影高銀燭曾縱夜遊濃醉正錦温瓊膩被燕踏暖雪驚翻庭砌馬嘶人散後秋風換故園夢裏吴霜融曉陡覺晴動偷春花意　還似海霧似僊山嗅覺環兒半睡淺薄朱唇嬌羞艷色自傷時背簾外寒挂淡月向日秋千地懐春情不斷猶帶相思舊字

六么令　七夕

露蛩初響機杼還催織婺星為情慵懶佇立明河側不見津頭艇子望絶南飛翼雲梁千尺塵緣一點回首西

風又陳迹　那知天上計拙乞巧樓南北瓜果幾度淒涼寂寞羅池客人事回廊縹緲誰見金釵擘今夕何夕盃殘月墮但耿銀河漫天碧

隔浦蓮近 泊長橋過重午

榴花依舊照眼愁褪紅絲腕夢繞烟江路汀菰緑薰風晚年少驚送遠吳蠶老恨緒縈抽繭　旅情懶扁舟繫處青帘濁酒須換一番重午旋買香蒲浮琖新月湖光蕩素練人教紅衣香在南岸

夢支香近 送人遊南徐

錦帶吳鉤征思橫淮水夜吟敲落霜紅船傍楓橋繫相思不管年華喚酒吳娃市因詰駐車新堤步秋綺 淮楚尾暮雲送人千里細雨南樓香密錦温曾醉花谷依然秀靨偷春小桃李為語夢窻憔悴

又 七夕

睡起時聞晚鵲噪庭樹又說今夕天津西畔重歡遇珠絲暗鎖紅樓燕子穿簾處天上未比人間更情苦 秋

鬢改妒月姊長眉嫵過雨西風數葉井梧愁舞夢入藍橋幾點疎星映朱户淚溼沙邊凝竚

浪淘沙慢 賦李尚書山園

夢仙到吹笙路杳度巘雲滑溪谷冰綃未裂金鋪晝鎖乍掣見竹靜梅深春海潤有新燕簾底說念漢履無聲跨鯨遠年年謝橋月 曲折畫闌盡日憑熱半蜃起玲瓏樓閣畔縹緲鴻去絕飛絮颺東風天外歌闌睡紅醉纈還是催寒食看花時節花下蒼苔盛羅襪銀燭短漏

壺易竭料池柳不攀春送別倩玉兎别擣秋香更醉踏千山冷翠飛晴雪

西平樂慢 春感 重過西湖先賢堂

岸壓郵亭路欹華表堤樹舊色依依紅索新晴翠陰寒食天涯倦客重歸歎綠平烟帶苑幽渚塵香蕩晚當時燕子無言對立斜暉 追念吟風賞月十載事夢惹綠楊絲畫船為市夭妝艷水日落雲沉人換春移誰更與苔根澆石菊井招魂謾省連車載酒立馬臨花猶認蔫

紅傍路枝歌斷燕闌榮華露草冷落山丘到此徘徊細雨西城羊曇醉後花飛

瑞龍吟 送梅津

黯分袖腸斷去水流萍住船繫柳吳宮曉月嬈花曉月當作嬌月醉題恨倚蠻江豆蔻吐春繡筆底麗情多少眼波眉岫新園鎖却愁陰露黃迷漫委寒香半畝還背垂虹秋去四橋烟雨一宵歌酒猶憶翠微攜壺烏帽風驟 西湖到日重見梅鈿皺誰家聽琵琶未了朝驄嘶漏印剖

黄金籠待來共凭齊雲話舊莫唱朱櫻口生怕遣樓前行雲知後淚濕怨角空教人瘦

又

德清清明競渡

大溪面遥望繡羽衝烟錦梭飛練桃花三十六陂鮫宫睡起嬌雷乍轉去如箭催趂戲旗遊鼓素瀾雪濺東風冷溼蛟腥淡隂送晝漸輕霏弄晚洲上青蘋生處鬬春不管懷沙人遠殘日半開一川花影零亂　山屏醉纈連棹東西岸闌干倒千紅粧靨鉛香不斷傍暝疎簾捲翠

連皺淨笙歌未散簪柳嬌桃嫩猶自有玉龍黃昏吹怨
重雲暗閣春霖一片

大酺 春雨 附清真

對宿煙收春禽靜飛雨時鳴高屋墻頭青玉旆洗鉛霜
都盡嫩梢相觸潤逼琴絲寒侵枕障蟲網吹粘簾竹郵
亭無人處聽簷聲不斷困眠初熟奈愁極頻驚夢輕難
記自憐幽獨 行人歸意速最先念流潦妨車轂奈向來
蘭成憔悴樂廣清羸等閒時易傷心目未怪平陽客雙

淚落笛中哀曲況蕭索青蕪國紅糝鋪地門外荆桃如
菽夜窻共誰秉燭

又 荷塘小隱

峭石帆收歸期差林沼半銷紅碧漁蓑樵笠畔買佳鄰
翻葢浣花新宅地鑿桃陰天澄藻鏡聊與漁郎分席滄
波耕不碎似藍田初種翠烟生壁料情屬新蓮夢驚春
草斷橋相識　平生江海客秀懷抱雲錦當秋織任歲
晚陶籬菊暗逋塚梅荒總輸玉井甞甘液忍棄紅香葉

集楚裳西風催著正明月秋無極歸隱何處門外垂楊天窄放船五湖夜色

解蹀躞 情別

醉雲又兼醒雨楚夢時來往倦蜂剛著梨花惹游蕩還做一叚相思冷波葉舞愁紅送人雙槳　暗凝想情共天涯秋黯朱橋鎖深巷會稀投得輕分頓惆悵此去幽曲誰來可憐殘照西風半妝樓上

倒犯 贈黃復菴

茂苑共鷺花醉吟歲華如許江湖夜雨傳書問雁多幽阻清溪上慣來往扁舟輕如羽到興懶歸來玉冷耕雲圃按瓊簫賦金縷　回首詞場動地聲名春雷初啓户枕水臥漱石數間屋梅一塢待共結良朋侶載清尊隨花追野步要未若城南分取溪隈住晝長看柳舞

花犯　謝黄復菴除夜寄古梅枝

剪横枝清溪分影翛然鏡空曉小窗春到憐夜冷霜娥相伴孤照古苔淚鎖霜千點蒼華人共老料淺雪黄昏

驛路飛香遺冷草　行雲夢中認瓊娘冰肌瘦窈窕風前纖縞殘醉醒屏山外翠禽聲小寒泉貯紺壺漸暖年事對青燈驚換了但恐舞一簾胡蝶玉龍吹又杳

又　水僊

小娉婷清鉛素靨蜂黃暗偷暈翠翹欹鬢昨夜冷中庭月下相認睡濃更若淒風緊驚回心未穩送曉色一壺葱蒨纔知花夢準　湘娥化作此幽芳凌波路古岸雲沙遺恨臨砌影寒香亂凍梅藏韻薰爐畔旋移傍枕又

還見玉人垂紺鬢。料喚賞、清華池館，臺盃須滿引。重押鬢字

浣溪沙 觀吳人歲旦遊承天

千蓋籠花鬬勝春，東風無力掃香塵，盡沿高閣步紅雲。閒裏暗牽經歲恨，街頭多認舊年人，晚鐘催散又黃昏。

又 琴川慧日寺蠟梅

蝶粉蜂黃大小喬，中庭寒盡雪微銷，一般清瘦各無聊。窗下和香封遠訊，墻頭飛玉怨鄰簫，夜來風雨洗春

嬌

又 春情

門隔花深夢舊遊夕陽無語燕歸愁玉纖香動小簾鈎落絮無聲春墮淚行雲有影月含羞東風臨夜冷於秋

又 桂

曲角深簾隱洞房正嫌玉骨易愁黄好花偏占一秋香夜氣清時初傍枕曉光分處未開窗可憐人似月中

孀

玉樓春 留滯都門暇日與二三友人縱步城市于東街見一老婦率少丈數人婆娑唱舞賦此

茸茸貍帽遮梅額金蟬薄鬢羅衫窄乘肩争看小腰身倦態强隨閒鼓笛　問稱家住城東陌欲買千金應不惜歸來困頓殢春眠猶夢婆娑斜趂拍

點絳脣 春暮

時霎清明載花不過西園路嫩陰綠樹政是春留處

燕子重來往事東流去征衫貯舊寒一縷淚涇風簾絮

又 試燈夜初晴

捲盡愁雲素娥臨夜新梳洗暗塵不起酥潤淩波地

輦路重來彷彿燈前事情如水小樓薰被春夢笙歌裏

訴衷情 春曉

陰陰綠潤暗啼鴉陌上斷香車紅雲深處春在飛出建

章花 春此去那天涯幾烟沙忍教芳草狼籍斜陽人

未歸家

又 春情

柳腰空舞翠裙烟盡日不成眠花塵浪捲清晝漸變晩陰天　吳社水繫游船又經年東風不管燕子初來一夜春寒

又 七夕

西風吹鶴到人間凉月滿緱山銀河萬里秋浪重載客槎還　河漢女巧雲鬟夜闌干釵頭新約鍼眼嬌顰樓上秋寒

夜遊宮 竹窻聽雨坐久隱几就睡既覺見水仙娟娟于燈影中

窗外梢溪雨響映窗裏嚼花燈冷渾似瀟湘繫孤艇見幽仙步凌波月邊影 香苦欺寒勁牽夢繞滄濤千頃夢覺新愁舊風景紺雲欹玉搔斜酒初醒

又 春晴

春語鶯迷翠柳烟隔斷晴波遠岫寒壓重簾幔拖繡袖鑪香倩東風與吹透 花訊催時候舊相思偏供閒晝春淡情濃半中酒玉痕消侶梅花更清瘦

醉桃源 贈盧長笛

沙河塘上舊遊嬉盧郎年少時一聲長笛月中吹和雲和雁飛　驚物換歎星移相看兩鬢絲斷腸吳苑草淒淒倚樓人未歸

又 芙蓉

青春花姊不同時淒涼生較遲艷妝臨水最相宜風來吹繡漪　驚舊事問長眉月明僊夢回凭闌人但覺秋肥花愁人不知

又 會飲豐樂樓

翠陰濃合曉鶯堤春如日墜西画圖新展遠山齊花深十二梯 風絮晚醉魂迷隔城聞馬嘶花紅微沁繡鴛泥秋千教放低

如夢令 春景

鞦韆爭鬧粉墻閒看燕紫鶯黄啼到緑陰處喚回浪子閒忙春光春光正是拾翠尋芳

望江南 賦畫臨照女

衣白苧雪面墮愁鬟不識朝雲行雨處空隨春夢到人間留向畫圖看　慵臨鏡流水洗花顏自織蒼烟湘淚冷誰撈明月海波寒天淡霧漫漫

又 茶

松風遠鶯燕靜幽芳妝褪官梅人倦繡夢回春草日初長甆碗試新湯　笙歌斷情與絮悠颺石乳飛時離鳳怨玉纖分處露花香人去月侵廊

定風波 春情

密約偷香共踏青小車隨馬過南屏回首東風消鬢影重省十年心事夜船燈離骨漸塵橋下水到頭難滅景中情兩岸落花殘酒醉烟冷人家垂柳未清明

月中行 和黃復菴

疎桐翠竹早驚秋葉葉雨聲愁燈前倦客老貂裘燕去柳邊樓吳宮寂寞空烟水渾不認舊采菱洲秋花旋結小盤虬蝶怨夜香留

虞美人 感秋

背庭緣恐花羞墜心事遥山裏小簾愁捲月籠明一寸秋懷禁得幾蛩聲　井梧不放西風起供與離人睡夢和新月未圓時起看簷蛛結網又尋思

菩薩鬘　春情

緑波碧草長堤色東風不管春狼籍魚沫細痕圓燕泥花唾乾　無情牽怨柳畫舸紅樓側斜日起凭闌垂楊舞曉寒

賀新郎　湖上有所贈

湖上芙蓉早向北山山深霧冷更看花好流水茫茫城下夢空指遊仙路杳笑蘿障雲屏親到雲玉肌膚春温夜飲湖光山綠成花貌臨澗水弄清照　著愁不盡宮眉小聽一聲相思曲裏賦情多少紅日闌干鴛央枕那枉裙腰褪了算誰識垂楊枝裊不是秦樓無緣分點吳霜羞帶簪花帽但殢酒任天曉

又　為德清趙令居賦小垂虹

浪影龜紋皺蘸平煙青紅半濕枕溪窻牖千尺晴霞慵

臥冰萬疊羅屏擁繡謾幾度吳船回首歸雁五湖應不到問蒼茫釣雪人知否樵唱杳度深秀　重來趂得花時候記留連空山夜雨短亭春酒桃李新栽成蹊處盡是行人去後但東閣官梅清瘦欵乃一聲山水緑燕無言風定垂簾晝寒正悄彈吟袖

婆羅門引 為懷寧趙仇香賦

香霏汎酒瘴花初洗玉壺冰西風乍入吳城吹徹玉笙何處曾說董雙成奈司空經慣未暢高情　瑤臺幾層

但夢繞曲闌行空憶雙蟬點翠寂寂秋聲堂空露涼倩誰喚行雲來洞庭團扇月只隔烟屏

又 郭清華席上為放琴客而新有所盻賦以見喜

風漣亂翠酒霏飄汗洗新妝幽情暗寄蓮房弄雪調冰重會臨水暮追涼正碧雲不破素月微行 雙成夜笙斷舊曲解明璫別有紅嬌粉潤初試霓裳分蓮調郎又拈惹花茸碧唾香波暈切一盼秋光

祝英臺近 悼得趣贈宏菴

黯春陰收燈後寂寞幾簾戶一片花飛人駕綵雲去應是蛛網金徽拍天寒水恨聲斷孤鴻洛浦　對君訴團扇輕委桃花流紅為誰賦小閣迴欄從今醉何處可憐憔悴文園曲屏春到斷腸句落梅愁雨

又 上元

晚雲開朝雪霽時節又燈市夜約遺香南陌少年事笙簫一片紅雲飛來海上繡簾捲湘桃春起　舊遊地素蛾城闕年年新妝趁羅綺玉練冰輪無塵涴流水曉霞

紅處啼鴉良宵一夢畫堂正日長人睡

西子妝慢 夢窗自度腔 湖上清明薄遊

流水麴塵艷陽醅酒畫舸遊情如霧笑拈芳草不知名

凌波斷橋西堍垂楊謾舞總不解將春繫住燕歸來問

綵繩纖手如今何許 懽盟誤一箭流光又趂寒食去

不堪衰鬢著飛花傍緑陰冷烟深樹玄都秀句記前度

劉郎曾賦最傷心一片孤山細雨

江南春 杜衡山莊

風響牙籤雲寒古硯芳名猶在堂笏秋牀聽雨妙謝庭春草吟筆城市喧鳴轍清溪上小山秀潔便向此搜松訪石茸屋營花紅塵遠避風月　瞿塘路隨漢節記羽扇綸巾氣凌諸葛青天萬里料謾憶蓴絲鱸雪車馬從休歇榮華事醉歌耳熱天與此翁芳芷嘉名紉蘭佩兮瓊玦

夢芙蓉　趙昌芙蓉圖梅津所藏

西風搖步綺記長堤驟過紫騮十里斷橋南岸人在晚

霞外錦温花共醉當時曾共秋被自别霓裳應紅銷翠冷霜枕正慵起　慘淡西湖柳底摇蕩秋魂夜月歸環珮畫圖重展驚認舊梳洗去來雙翡翠難傳眼恨眉意夢斷瓊娘僊雲深路杳城影蘸流水

高山流水　丁基仲側室善絲桐賦詠曉達音吕備歌舞之妙

素絃一一起秋風寫柔情多在春葱徽外斷腸聲霜霄暗落驚鴻低顰處剪緑裁紅仙郎伴新製還賡舊曲映月簾櫳似名花並蔕日日醉春濃　吳中空傳有西子

應不解換徵移宮蘭蕙滿襟懷唾碧總噴花茸後堂深想費春工客愁重時聽蕉寒雨碎淚溼瓊鍾恁風流也稱金屋貯嬌慵

霜花腴 重陽前一日汎石湖

翠微路窄醉晚風憑誰為整欹冠霜飽花腴燭銷人瘦秋光做也都難病懷强寬恨雁聲偏落歌前記年時舊宿淒涼暮烟秋雨野橋寒　妝靨鬓英爭艷度清商一曲暗墜金蟬芳節多陰蘭情稀會晴暉稱拂吟牋更移

畫船引珮環邀下嬋娟算明朝未了重陽紫萸應奈看

瀟蘭香 淮安重午

盤絲繫腕巧篆垂簪玉隱紺紗睡覺銀瓶露井彩箑雲窻往事少年依約為當時曾寫榴裙傷心紅綃褪萼黍夢光陰漸老汀洲烟蒻　莫唱江南古調怨抑難招楚江沉魄薰風燕乳暗雨梅黄午鏡瀟蘭簾幙念秦樓也擬人歸應剪菖蒲自酌但悵望一縷新蟾隨人天角

玉京謡 陳仲文自號藏一蓋取坡詩中萬人如海一身藏語為度夷則商犯旡射宮腔製此

贈之

蝶夢迷清曉萬里無家歲晚貂裘弊載取琴書長安閒看桃李爛錦繡人海花場任客燕飄零誰計春風裏香泥九陌文梁孤壘　微吟怕有詩聲翳鏡慵看但小樓獨倚金屋千嬌從他鴛暖秋被蕙帳移煙雨孤山待對影落梅清泚終不似江上翠微流水

探芳新 吳中元日承天寺遊人

九街頭正軟塵潤酥雪消殘溜禊賞祇園花艷雲陰籠

畫層梯空麝散擁凌波縈翠袖歎年端連環轉爛漫遊
人如繡腸斷廻廊竚久便寫意濺波傳愁蹙岫漸没
飄鴻空惹閒情春瘦椒盃香乾醉醒怕西窻人散後暮
寒深遲回處自攀庭柳

鳳池吟 慶梅津自畿漕除右司郎官

萬丈巍臺碧罘罳外衮衮野馬遊塵舊文書几閣昏朝
醉暮覆雨翻雲忽變清明紫垣敕使下星辰經年事静
公門如水帝甸陽春 長年父老相語幾百年見此獨

駕冰輪又鳳鳴黃幕玉霄平遡鵲錦輕恩事省中書半紅梅子薦鹽新歸來晚待慶吟殿閣南薫

念奴嬌 賦德明縣圃明秀亭

思生晚眺岸烏紗平步春雲層緑疊畫屏風開四面各樣鶯花結束寒欲殘時香無著處千樹風前玉遊蜂飛過隔墻疑是金谷 偏稱晚色横烟愁凝峩髻淡生綃裙幅縹緲孤山南畔路相對花房竹屋溪足沙明岩陰石秀夢泠吟亭宿松風古澗高調月夜清曲

惜紅衣 余從姜石帚遊苕霅間三十五年矣重來傷今感昔聊以詠懷

鷺老秋絲蘋愁萆雪鬢那不白倒柳移栽如今暗溪碧烏衣細語傷伴惹茸紅曾約南陌前度劉郎尋流花踪跡朱樓水側雪靣波光汀蓮沁顔色當時醉近繡箔夜吟三十六磯重到清夢冷雲南北買釣舟溪上應有烟蓑相識

江南好 友人還中吳密圍坐客孟深情浹不覺沾醉越翼日吾儕載酒問奇字時齊示江南好詞紀前夕之事聊次韻

行錦歸來畫眉添嫵暗塵重拂雕籠穩瓶泉暖花隘閒
春容圍密籠香晻靄煩纖手新點團龍温柔處垂楊驛
鬢暗豆花紅　行藏多是客鶯邊話别橘下相逢算江
湖幽夢頻繞殘鐘好結梅兄礬弟莫輕似西燕南鴻偏
宜醉寒欺酒力簾外凍雲重

雙雙燕 賦題

小桃謝後雙雙燕飛來幾家庭户輕烟曉暝湘水暮雨
遥度簾外餘寒未捲共斜入紅樓深處相將占得雕梁

似約韶光留住　堪舉翩翩翠羽楊柳岸泥香半和梅
雨落花風軟戲從亂紅飛舞多少呢喃意緒盡日向流
鶯分訴還過短墻誰會萬千言語

洞僊歌　方菴春日花勝宴客為得鶚慶花翁賦詞俾屬韻末

芳辰良宴人日春朝並細縷青絲裹銀餅更玉犀金綵
沾座分簪歌圍暖梅靨桃唇鬬勝　露房花曲折鶯入
新年添個宜男小山枕待枝上東風結子成陰藍橋還
覓瓊漿飲料別館西湖最情濃爛畫舫月明醉宮袍錦

欽定四庫全書

夢窻甲稿

欽定四庫全書

夢窻乙稿

宋 吴文英 撰

江神子 李別駕招飲海棠花下

翠紗籠袖映紅霏冷香飛洗凝脂睡足嬌多還是夜深宜翻怕廻廊花有影移燭暗放簾垂 尊前不按駐雲詞料花枝妒蛾眉丁丙東風莫送片紅飛春重錦堂人盡醉和曉月帶花歸

又 送桂花吴憲時已有檢詳之命未赴闕

天街如水翠塵空建章宫月明中人未歸來玉樹起秋風寶粟萬釘花露重催賜帶過垂虹　夜凉沉水繡簾櫳酒香濃霧濛濛釵列吴娃腰褭帶金蟲三十六宫蟾觀冷留不住珮丁東

又 十日荷塘小隱賞桂呈朔翁

西風來晚桂開遲月宫移到東籬蔌蔌驚塵吹下半氷規擬喚阿嬌來小隱金屋底亂香飛　重陽還是隔年

期蝶相思客情知吴水吴烟愁裏更多詩一夜看承應

未别秋好處雁來時

又 送翁五峰自鶴江還都

西風一葉送行舟淺遲留艤汀洲新浴紅衣緑水帶香

流應是離宫城外晚人竚立小簾鉤 新歸重省别來

愁黛眉頭半痕秋天上人間斜月繡針樓湘浪莫迷花

蝶夢江上約負輕鷗

風入松 為友人訪琴客賦

春風吳柳幾番黄懽事小蠻窻梅花正結雙頭夢怨玉龍吹散幽香昨夜燈前歌黛今朝陌上啼妝　最憐無侶伴鷗鷺桃葉已春江曲屏先暖鴛衾慣夜寒深都是思量莫道藍橋路遠行雲只隔幽坊

又　春晚感懷

聽風聽雨過清明愁草瘞花銘樓前緑暗分攜路一絲柳一寸柔情料峭春寒中酒交加曉夢啼鶯　西園日日掃林亭依舊賞新晴黄蜂頻撲秋千索有當時纖手

香凝惆悵雙鴛不到幽堦一夜苔生

又 桂

蘭舟高蕩漲波涼愁被矮橋坊暮煙疎雨西園路誤秋娘淺約宮黄還泊郵亭喚酒舊曾送客斜陽　蟬聲空曳别枝長似曲不成商御羅屏底翻歌扇憶西湖臨水開窓和醉重尋幽夢殘衾已斷薫香

又 鄰舟妙香

畫船簾密不藏香飛作楚雲狂傍懐半捲金鑪燼怕暖

消春日朝陽清馥晴薰殘醉斷烟無限思量　凭闌心
事隔垂楊樓燕鎖幽粧梅花偏惱多情月慰溪橋流水
昏黄哀曲霜鴻悽斷夢魂寒蝶悠颺

豐樂樓　節齋新建此樓夢窗淳熙十一年二月甲子作是詞大書于壁望幸焉

天吳駕雲閬海凝春空燦綺倒銀海蘸影西城四碧天
鏡無際綵翼曳扶搖宛轉雩龍降尾交新霽近玉虛高
處天風笑語吹墜　清濯緇塵快展曠眼傷危欄醉倚
面屏障一一鶯花薜蘿浮動金翠慣朝昏晴光雨色燕

泥動紅香流水步新梯藐視年華頓非塵世　麟翁衮
舄領客登臨座有誦魚美翁笑起離席而語敢託京兆
以後為功落成奇事明良慶會賡歌熙載隆都觀國多
閒暇遺丹青雅飾繁華地平瞻太極天街潤納璇題露
牀夜沉秋緯　清風觀闕麗日罘罳正午長漏遲為洗
盡脂痕茸唾淨捲麴塵永晝低垂繡簾十二高軒駟馬
峩冠鳴珮班回花底修禊飲御爐香分染朝衣袂碧桃數
點飛花湧出宮溝遡春萬里

又 春晚感懷

殘寒政欺病酒掩沉香繡户燕來晚飛入西城似說春事遲暮畫船載清明過却晴烟冉冉吳宫樹念羈情遊蕩隨風化為輕絮 十載西湖傍柳繫馬趁嬌塵輭霧遡紅漸招入仙溪錦兒偷寄幽素倚銀屏春寬夢窄斷紅溼歌紈金縷瞑堤空輕把斜陽總還鷗鷺 幽蘭旋老杜若還生水鄉尚寄旅別後訪六橋無信事往花萎瘞玉埋香幾番風雨長波妬盼遥山羞黛漁燈分影春

江宿記當時短檝桃根渡青樓彷彿臨分敗壁題詩淚墨慘澹塵土　危亭望極草色天涯嘆鬢侵半苧暗點檢離痕歡唾尚染鮫綃嚲鳳迷歸破鸞慵舞殷勤待寫書中長恨藍霞遼海沈過雁謾相思彈入哀箏柱傷心千里江南怨曲重招斷魂在否

又　詠荷和趙修全韻

横塘穿棹艷錦引鴛鴦弄水斷霞晚笑折花歸紺紗低護燈蕊潤玉瘦氷輕倦浴斜拖鳳股盤雲墜聽銀牀聲

細梧桐漸覺涼思　窻隙流光過如迅羽愬空梁燕子
誤驚起風竹敲門故人還又不至記琅玕新詩細搯早
陳迹香痕纖指怕因循羅扇恩疎又生秋意　西湖舊
日畫舸頻移嘆幾縈夢寐霞佩冷疊瀾不定麝靄飛雨
乍濕鮫綃暗盛紅淚練單夜共波心宿處瓊簫吹月霓
裳舞向明朝未覺花容悴嫣香易落回頭淡碧銷烟鏡
空畫羅屏裏　殘蟬度曲唱徹西園也感紅怨翠念省
慣吴宮幽憩暗柳追涼曉岸參斜露零漚起絲縈寸藕

留連懽事桃笙平展湘浪影有昭華穠李氷相倚如今鬓點淒霜半篋秋詞恨盈蠹紙

天香 蠟梅

蟫葉粘霜蠅苞綴凍生香遠帶風峭嶺上寒多溪頭月冷北枝瘦南枝小玉奴有姊先占立墻陰春早初試宮黄淡薄偷分壽陽纖巧 銀燭淚深未曉酒鍾慳貯愁多少記得短亭歸馬暮衙蜂鬧苣蔻釵梁恨裊但悵望天涯歲華老遠信難封吴雲雁杳

玉漏遲 春情

絮花寒食路晴絲罥日綠陰吹霧客帽欺風愁滿畫船烟浦綵挂秋千散後悵塵鎖燕簾鶯戶從閒阻夢雲無準鬢霜如許夜久綉閣藏嬌記掩扇傳歌剪燈留語月約星期細把花鬚頻數彈指一襟怨恨謾空倩啼鵑聲訴深院宇黃昏杏花微雨

又 春情 古腔

杏香飄禁苑須知自古皇州春早燕子來時繡陌漸薰

芳草蕙圃天桃過雨弄碎影紅篩碧沼深院悄緑楊盡
日鶯聲爭巧　早是賦得多情更對景臨風鎮辜歡笑
數曲闌干故人謾勞登眺天際微雲過盡亂峰鎖一竿
殘照歸路杳東風淚零多少

金盞子　賦秋壑西湖小築

卜築西湖種翠蘿猶傍軟紅塵裏來往載清吟為偏愛
吾廬畫船頻繫笑攜雨色晴光入春明朝市石橋鎖烟
霞五百名仙第一人是　臨酒論深意流光轉鶯花任

亂委冷然九秋肺腑應多夢岩扃冷雲空翠漱流枕石
幽情寫猗蘭綠綺轉城處他山小隊登臨待西風起

又 吳城連日賞桂一夕風雨悉已零落獨寓窓晚花方作小蕾未及見開有新邑之役揭來西館籬落間嫣然一枝可愛見侶人而喜為賦此解

賞月梧園恨廣寒宮樹曉風搖落莓砌掃珠塵空腸斷
薰爐燼消殘蕚殿秋尚有餘花鎖烟窻雲幄新雁又無
端送人江上短亭初泊 籬角夢衣約人一笑惺忪翠
袖薄悠然醉魂喚醒幽叢畔淒香霧雨漠漠晚吹乍顫

秋聲早屏空金雀明朝想猶有數點蜂黃伴我斟酌

永遇樂 過李氏晚粧閣見壁間舊所題詞遂再賦

春酌沉沉晚妝的的仙夢遊慣錦溆維舟青門倚蓋還被籠鶯喚裴郎歸後崔娘沉恨謾客請傳芳卷聯題在頻經翠袖勝隔紺紗塵幔　桃根杏葉膠粘緗縹幾回凭闌人換峨髻愁雲蘭香膩粉都為多情褪離巾拭淚征袍染醉強作酒朋花伴留連怕風姨浪妒又吹雨斷

又 探梅次時齋韻

閤雪雲低卷沙風急驚雁失序戶掩寒宵屏閑冷夢燈
颭蛩語侶堪怜窻景都閑剌繡但續舊愁一縷鄰歌散
羅襟印粉袖濕蒨桃紅露西湖舊日留連清夜愛酒
幾將花誤遺襪塵消題裙墨黯天遠吹笙路吳臺直下
緗梅無限未放野橋香度重謀醉揉香弄影水清淺處

玉蝴蝶 秋感

角斷籤鳴疎點倦螢透隙低弄書光一寸悲秋生動萬
種淒涼舊衫染唾凝花碧別淚想露洗蜂黃楚魂傷雁

汀沙冷來信微茫 都忘孤山舊賞水沉熨露岸錦宜霜敗葉題詩御溝應不到流湘數客路又隨淮月羨故人還買吳航兩凝望滿城風雨催送重陽

又 秋恨

晚雨未催宮樹可憐閑葉猶抱涼蟬短景歸秋吟思又接愁邊漏初長夢魂難禁人漸老風月俱寒想幽歡土花庭甃蟲網闌干 無端啼蛄攪夜恨隨團扇苦近秋蓮一曲當樓謝娘懸淚立風前故園晚强留詩酒新雁

遠不致寒暄隔蒼烟楚香羅袖誰伴嬋娟

絳都春 元夕

融和又報作瑞靄霽色皇都春早翠幰競飛玉勒爭馳都門道鰲山綵結蓬萊島向晚景雙龍銜照絳綃樓上彤芝蓋底仰瞻天表　縹緲風傳帝樂慶三殿共賞羣仙同到迤邐御香飄滿人間聞嬉笑須臾一點星球小漸隱隱鳴鞘聲杳遊人月下歸來洞天未曉

又 為郭清華內子壽

香深霧㬠正人在錦瑟年華深深院舊日漢宫分得紅蘭滋呉苑臨池羞落梅花片弄水月初匀妝面紫烟籠處雙鸞共跨洞簫低按　歌管紅圍翠袖凍雲外似覺東風先轉繡畔晝遲花底天寛春無限仙郎驕馬瓊林宴待捲上珠簾教看更傳鶯入新年寶釵夢鷰

又　為李篔房量珠賀

情粘舞綫悵駐馬灞橋天寒人遠旋剪露痕移得春嬌栽瓊苑流鶯長語烟中怨恨三月飛花零亂艷陽歸後

紅藏翠掩小坊幽院　誰見新腔控徹背燈暗共倚寶屏葱蒨繡被夢輕金屋裝深沉香換梅花重洗春風面正溪上參横月轉竝禽飛上金沙瑞香雲煖

又　燕亡久矣京口適見侶人悵怨有感

南樓墜燕又燈暈夜涼疎簾空捲葉吹暮喧花露晨晞秋光短當時明月娉婷畔悵客路幽扃俱遠霧鬟依約除非照影鏡空不見　別館秋娘乍識侶人處最在雙波凝盼舊色舊香閑雨閑雲情終淺丹青難畫真真面

便只作梅花頻看更愁花變梨雲又隨夢散畔當作伴

又 余往來清華池館六年賦咏屢以感昔傷今益不堪懷乃復作此解

春來雁渚弄艷冶又入垂楊如許困舞瘦腰啼濕宮黃池塘雨碧沿蒼蘚雲根路尚追想凌波微步小樓重上憑誰為唱舊時金縷　凝竚烟蘿翠竹欠羅袖為倚天寒日暮强醉梅邊招得花奴來尊俎東風須惹春雲住莫漫把飛瓊吹去便教移取薰籠夜温繡户

惜秋華 重九

細響殘蛩傍燈前似說深秋懷抱怕上翠微傷心亂烟殘照西湖鏡掩塵沙翳曉影秦鬟雲擾新鴻喚凄凉漸入紅萸烏帽　江上故人老視東籬秀色依然娟好晚夢趂鄰杵斷乍將愁到秋娘淚濕黃昏又滿城雨輕風小閑了看芙蓉畫船多少

又　七夕

露冪蛛絲小樓陰墮月秋驚華鬢宮漏未央當時鈿釵遺恨人間夢隔西風算天上年華一瞬相逢縱相踈

勝却巫陽無準　何處動涼訊聽露井梧桐楚騷成韻縹雲斷翠羽散此情難問銀河萬古秋聲但望中婺星清潤輕俊度金針漫牽方寸

又　七夕前一日送人歸鹽官

數日西風打秋林棗熟還催人去瓜菓夜深斜河擬看星度怨怨便倒離尊悵遇河雲銷萍聚留連有殘蟬韻晚時謌金縷　綠水暫如許奈南墻冷落竹烟槐雨此去杜曲已近紫霄尺五扁舟夜宿吳江正水珮霓裳無

數眉嫵問別來解相思否

又 木芙蓉

路遠仙城自王郎去却芳卿憔悴錦段鏡空重鋪步幛新綺凡花瘦不禁秋幻膩玉腴紅鮮麗相攜試新粧乍畢交扶輕醉 長記斷橋外驟玉驄過處千嬌凝睇昨夢頓醒依約舊時眉翠愁邊暮合碧雲倩唱入六么聲裏風起舞斜陽闌干十二大曲六么王子喬芙蓉城事有樓名碧雲

惜黃花慢 次吳江小泊夜飲僧窻惜別邦又趙簿攜小妓侑尊連歌數闋皆清真詞酒盡

巳四鼓賦此詞餞尹梅津

送客吳臯正試霜夜冷楓落長橋望天不盡背城漸杳離亭黯黯恨水迢迢翠香零落紅衣老暮愁鎖殘柳眉梢念瘦腰沈郎舊日曾繫蘭橈　仙人鳳咽瓊簫悵斷魂送遠九辯難招醉鬟留盼小窓剪燭歌雲載恨飛上銀霄素秋不解隨船去敗紅趁一葉寒濤夢翠翹怨紅料過南譙

十二郎　垂紅橋屬吳江上有垂虹亭

素天際水浪拍碎凍雲不凝記曉葉題霜秋燈吟雨曾

繫長橋過艇又是賓鴻重來後猛賦得歸期纔定嗟繡

鴨解言香鱸堪釣尚廬人境　幽興争如共載越娥粧

鏡念倦客依前貂裘茸帽重向淞江照影酹酒滄茫倚

歌平遠亭上玉虹腰冷迎醉面暮雪飛花幾點黛愁山

暝

燭影搖紅　壽嗣榮王

天桂飛香御花簇座千秋宴笑從王母摘仙桃瓊醴雙

金盞掌上龍珠照眼映羅圖星暉海岸浮槎遠到水淺蓬萊秋明河漢　寶月將弦晚鈎斜掛西簾捲未須十日便中秋爭看清光滿淨洗紅塵障面賀朝霖催班正殿喜回天上紫府開筵瑤池宣勸

又　賦德清縣圃古紅梅

莓鎖虹梁稽山祠下當時見横斜無分照溪光珠網空凝徧姑射青春對面駕飛虬羅浮路遠千年春在新月苔池黄昏山館　花滿河陽為君羞褪晨妝蒨雲根直

下是銀河容老秋槎變雨外紅鉛洗斷又晴霞驚飛暮
管倚闌只怕弄水鱗生乘東風便

醜奴兒 麓翁飛翼樓觀雪

東風未起花上纖塵無影峭雲溼凝酥深塢乍洗梅青
鈎簾愁絲冷浮虹氣海空明若耶門閉扁舟去懶客思
鷗輕 幾度問春倡紅冶翠空媚陰晴看真色千岩一
素天淡無情醒眼重開玉鈎簾外曉峰青相扶輕醉越
王臺上更最高層

又 雙清樓在錢塘門外

空濛乍斂波影簾花晴亂正西子梳妝樓上鏡舞青鸞潤逼風襟滿湖山色入闌干天虛鳴籟雲多易雨長帶秋寒 遥望翠凹隔江時見越女低鬟算堪羨烟沙白鷺暮往朝還歌管重城醉花春夢半香殘乘風邀月持盃對影雲海人間

木蘭花慢 陪倉幕遊虎丘時魏益齋已被親擢陳芬窟李方菴皆將滿秩

紫騮嘶凍草曉雲鎖岫眉顰正蕙雪初消松腰玉瘦顛

顇真真輕藜漸穿險磴步荒苔猶認瘞花痕千古興亡舊恨半丘殘日孤雲　開尊重弔吳魂嵐翠冷洗微醺問幾曾夜宿月明起看劍水星紋登臨總成去客更軟紅先有探芳人回首滄波故苑落梅烟雨黄昏

又　重遊虎丘

步層丘疊磴翠莽處更春寒漸脱色催陰花風弄雨愁起闌干驚翰帶雲去杳任紅塵一片落人間青塚麒麟有恨卧聽簫鼓遊山　年年葉外花前嬌艷楚鬟成潘嘆賓

奩瘞火青萍共化裂石空磐塵緣酒沾粉污問何人從此濯清泉一笑掀髯付與寒松瘦倚蒼巒

又重泊

酹清盃問水慣曾見幾逢迎自越棹輕飛秋尊歸後杷菊荒荆孤鳴舞鷗慣下又漁歌忽斷晚烟生雪浪閒銷釣石冷楓頻落江汀　長亭春恨何窮目易盡酒微醒悵斷魂西子凌波去杳環珮無聲陰晴最無定處被浮雲多翳鏡華明侵曉東風霽色綠楊樓外山青

又 施芸隱隨繡節過浙東作詞留別用其韻以餞

幾臨流送遠漸荒落舊郵亭念西子初來當時望眼啼
雨難晴娉婷素紅共載到越吟翻調倚吳聲得意東風
去棹怎憐會重離輕　雲零夢轉浮觴流水畔叙幽情
恨賦筆分攜江山委秀桃李荒荆經行問春在否過汀
洲暗憶百花名鶯縷爭堪細折御黃堤上重盟

喜遷鶯 同丁基仲過希道家看牡丹

凡塵流水正春在絳闕瑤階十二暖日明霞天香盤錦

故苑涴花沉恨化作妖紅斜紫困無力
倚闌干還倩東風扶起　公子留意處羅蓋牙籤一一
花名字小扇翻歌密圍留客雲葉翠温羅綺艷浸紫金
盃重人倚妝臺微醉夜和露翦殘枝點點花心清淚

又　福山蕭寺歲除

江亭年暮趁飛雁又聽數聲柔櫓藍尾盃單膠牙餳淡
重省舊時羇旅雪舞野梅籬落寒擁漁家門戶晚風峭
做初番花訊春還知否　何處圍艷冶紅燭畫堂博簺

良宵午誰念行人愁先芳草輕送年華如羽自剔短檠不睡空索綵桃新句便歸好料鵞黃已染西池千縷

探芳信 與李方菴聯舟入杭時方菴至嘉興索舊燕同載是夕雪大作林麓洲渚皆瓊瑤方菴馳小序求詞且約訪蔡公甫

夜寒重見羽葆將迎飛瓊入夢整素妝歸處中宵按瑤鳳舞春歌夜棠梨岸月冷和雲凍畫船中太白仙人錦袍初擁應過浯溪否試笑挹中郎還叩清弄粉黛湖山欠攜酒共飛鞚洗盃時換銅瓶水待作梅花供問何

時帶雨鋤煙自種

又 丙申歲吳燈市盛常年余借宅幽坊一時名勝遇合置盃酒接殷勤之懽甚盛事也分鏡字韻

暖風定正賣花吟春去年曾聽旋自洗幽蘭銀瓶釣金井斗窻香暖慳留客街鼓還催暝調鷓鴣試遣深盃喚將愁醒 燈市又重整待醉勒遊韁緩穿斜徑暗憶芳明看綃帕淚猶凝吳宫十里吹笙路桃李都羞靚繡簾人怕惹飛梅翳鏡

聲聲慢 詠桂花

藍雲籠曉玉樹懸秋交加金釧霞枝人起昭陽禁寒粉粟生肌濃香最無著處漸冷香風露成霏繡茵展怕空堦驚墜化作螢飛　三十六宮愁重問誰持金鍤和月都移掣鎖西廂清尊素手重攜秋來鬢華多少任烏紗醉壓花低正搖落嘆淹留客又未歸

又

四香　友人以梅蘭瑞香水仙供客曰四香分韵得風字

雲深山塢烟冷江臯人生未易相逢一笑燈前釵行兩兩春容清芳夜爭真態引生香撩亂東風探花手與安

排金屋懊惱司空　憔悴歌翹委珮恨玉奴消瘦飛趂輕鴻試問知心尊前誰最情濃連呼紫雲伴最小丁香纔吐微紅還解語待攜歸行雨夢中最當作醉

又 飲時貴家即席三姬求詞

春星當戶眉月分心羅屏繡幕圍香縵舞低歌輕塵暗𥟊文梁秋桐泛商絲雨恨未回飄雪垂楊連寶鏡更一家姊妹曾入昭陽　鶯燕堂深誰到為殷勤須放醉客疎狂量減離懷孤負蘸甲清觴曲中倚嬌佯誤算只圖一顧

周郎花鎮好駐年華長在鎖窓

又 宏菴宴席客有持桐子侑俎者自云其姬親剥之

寒簫驚墜香豆初收銀牀一夜霜深亂寫明珠金盤來薦清斟緑窓細剥檀皺料水晶微損春簪風韻處惹手香酥潤櫻口脂侵 重省追涼前事正風吟莎井月碎苔陰顆顆相思無情謾攪秋心銀臺剪花盃散夢阿嬌金屋沉沉甚時見露拾香釵燕墜金

洞仙歌 賦黄木香贈辛稼軒

花中慣識壓架瓏璁雪可見湘英問琅葉恨春風將了染額人歸留得個裊裊垂香帶月 鵝兒真似酒我愛幽芳還比荼蘼又嬌絕自種古松根好待黃龍亂飛上蒼髯五鬣更添與老仙筆端春敢喚起桃花問誰優劣

聲聲慢 餞魏使泊吳江為友人賦

旋移輕鷁淺傍垂虹還因送客遲留淚雨橫波遙山眉上新愁行人倚闌心事問誰知只有沙鷗念聚散幾楓丹霜渚蓴綠春洲 漸近香菰炊黍想紅絲織字未遠

青樓寂寞漁鄉争如連醉温柔西窻夜深翦燭夢頻生
不放雲收共悵望認孤烟起處是洲

又 夏景

梅黄金重柳細絲輕園林羃烟如織殿角風微簾外燕
喧鶯寂池塘綵鴛乍起露荷翻千點珠滴閒晝永稱瀟
湘竿叟爛柯仙客　日午槐陰低轉茶甌罷清風頓生
兩腋撚玉盤中朱李淨沉寒碧朋儕閒歌白雪卸紗巾
尊俎狼籍有皓月照黄昏眠又未得

高陽臺 豐樂樓

脩竹凝妝垂楊駐馬憑闌淺畫成圖山色誰題樓前有雁斜書東風緊送斜陽下弄舊寒晚酒醒餘自銷凝能幾花前頓老相如 傷春不在高樓上在燈前欹枕雨外薰爐怕艤遊船臨流可奈清癯飛紅若到西湖底攪翠瀾總是愁魚莫愁來吹盡香綿泪滿平蕪

又 落梅

宮粉雕痕仙雲墮影無人野水荒灣古石埋香金沙鎖

骨連環南樓不恨吹橫笛恨曉風千里關山半飄零庭上黃昏月泠闌干　壽陽宮理愁鸞問誰調玉髓暗補香瘢細雨歸鴻孤山無限春寒離魂難倩招清些夢縞衣解珮溪邊最愁人啼鳥晴明葉底清圓

又　送王歷陽以右曹赴闕

淝水秋寒淮堤柳色別來幾換年光紫馬行遲纔生夢草池塘便乘丹鳳天邊去禁漏催春殿稱觴過松江雪弄飛花冰解鳴璫　芳洲酒社詞場賦高臺陳迹曾醉

吳王重上逋山詩清月瘦昏黃春風侍女衣篝畔早鵲袍已煖天香到東園應費新題千樹苔蒼

又　壽毛荷塘

風裊垂楊雪消蕙草何如清潤潘郎風月襟懷揮毫倚馬成章仙都觀裏桃千樹映麴塵十里荷塘未歸來應戀花洲醉玉吟香　東風晴晝濃如酒正十分皓月一半春光燕子重來明朝傳夢西窗朝寒幾煖金爐燼料洞天日月偏長杏園詩應待先題嘶馬平康

倦尋芳 上元

海霞倒影空霧飛香天市催晚暮靨宮梅相對畫樓簾捲羅襪輕塵花笑語寶釵爭艷春心眼亂簫聲正風柔柳弱舞肩交燕念窈窕東鄰深巷燈外歌沉月上花淺夢雨離雲點點漏壺清怨珠絡香銷空念任紗窻人老羞相見漸銅壺閉春陰曉寒人倦

三姝媚 詠春情

吹笙池上道為王孫重來旋生芳草水石清寒過半春

猶自燕沉鶯悄穉柳闌干晴蕩漾禁烟殘照往事依然
爭忍重聽怨紅凄調　曲榭方亭初掃印蘚迹雙鴛記
穿林窈頓隔年華似夢回花上露晞平曉恨逐孤鴻客
又去清明還到便鞚墻頭歸騎青梅已老

又　過都城舊居有感

湖山徑醉慣漬春衫啼痕酒痕無限又客長安嘆斷衿
零袂汙塵誰浣紫曲門荒沿敗井風搖青蔓對語東鄰
猶是曾巢謝堂雙燕　春夢人間須斷但惟得當年夢

緣能短繡屋秦箏傍海棠偏愛夜殘開宴舞歇歌沉花未減紅顏先變竚久河橋欲去斜陽淚滿

畫錦堂 有感

舞影燈前簫聲酒外獨鶴華表重歸舊雨殘雲仍在門巷都非愁結春情迷醉眼老憐秋鬢倚蛾眉難忘處猶恨繡籠無端誤放鶯飛　當時征路遠懽事差十年輕負心期楚夢秦樓相遇共嘆相違淚香沾溼孤山雨瘦腰折損六橋絲何時向窻下剪殘紅燭夜杪參移

又 過種山即越文種墓

帆落迴潮人歸故國山椒感慨重遊弓折霜寒機心已墮沙鷗燈前寶劍清風斷正五湖雨笠扁舟最無情岩上閑花腥染春愁　當時白石蒼松路解勒回玉輦霧掩山羞木客歌闌青春一夢荒丘年年古苑西風到雁怨啼綠水葓秋暮登臨幾樹殘烟西北高樓

漢宮春 追和尹梅津賦俞園牡丹

花姥來時帶天香國艶羞掩名姝日長半嬌半困宿酒

微蘇沉香檻北比人間風異烟殊春恨重盤雲墜髻碧
花翻吐瓊盂洛苑舊移仙譜向吳娃深館曾奉君娛
猩脣露紅未洗客鬓霜鋪蘭詞沁壁過西園重載雙壺
休謾道花扶人醉醉花却要人扶

花心動 郭清華新軒

入眼青紅小玲瓏飛簷度雲微溼繡檻展春金屋寛花
誰管采菱波狹翠深知是深多少都不放夕陽紅入待
粧綴新漪漲翠小園荷葉此去春風滿篋應時鎖蛛

絲淺虛塵榻夜雨試燈晴雪吹梅趁取玳簪重盍捲簾
不解招新燕春須笑酒慳歌澁半窻掩日長困生翠睫

又柳

十里東風裊垂楊長似舞時腰瘦翠館朱樓紫陌青門
處處燕鶯晴晝乍看搖曳金絲細春淺映鵞黃如酒嫩
陰裏煙滋露染翠嬌紅溜　此際雕鞍去久空追念郵
亭短枝盈首海角天涯寒食清明淚點絮花沾袖遠年
折贈行人遠今年恨依然纖手斷腸也羞眉畫應未就

八聲甘州 陪庾幕諸公遊靈岩

渺空煙四遠是何年青天墜長星幻蒼崖雲樹名娃金屋殘霸宫城箭逕酸風射眼膩水染花腥時靸雙鴛響廊葉秋聲宫裏吳王沉醉倩五湖倦客獨釣醒醒問蒼天無語華髮奈山青水涵空闌干高處送亂鴉斜日落漁汀連呼酒上琴臺去秋與雲平

又 姑蘇臺和施芸隱韵

步晴霞倒影洗閑愁深盃灔風漪望越來清淺吳歈杳

靄江鴈初飛輦路凌空九險粉冷濯妝池歌舞煙霄頂樂景沉暉 別是青紅闌檻對女墻山色碧澹空眉問當時遊鹿應笑古臺非有誰招扁舟漁隱處寄情西子却題詩閑風月暗消磨盡浪打鷗磯

又 和梅津

記行雲夢影步凌波仙衣剪芙蓉念盃前燭下十香搵袖玉煖屏風分種寒花舊盎蘚土蝕吳蚕人遠雲槎渺煙海沉蓬 重訪樊姬隣里怕等閑易別那忍相逢試

潛行幽曲心蕩忽忽井梧凋銅鋪低亞映小眉瞥見立
驚鴻空惆悵醉秋香畔往事朦朧

新鴈過妝樓 秋感

夢醒芙蓉風簷近渾疑珮玉丁東翠微流水都是惜別
行蹤宋玉秋花相比瘦賦情更苦似秋濃小黃昏紺雲
暮合不見征鴻 宜城當時放客認燕泥舊迹返照樓
空夜闌心事燈外敗壁寒蛩江寒夜楓怨落怕流作題
情腸斷紅行雲遠料澹蛾人在秋香月中

又 中秋後一夕李方庵月庭延客命小妓過新水令坐間賦詞

閬苑高寒金樞動氷宮桂樹年年剪秋一半難破萬戶連環織錦相思樓影下鈿釵暗約小簾間共無眠素娥慣得西墜闌干 誰知壺中自樂正醉圍夜玉淺鬬嬋娟鴈風自勁雲氣不上涼天紅牙潤沾素手聽一曲清歌雙霧鬟徐郎老恨斷腸聲在離鏡孤鸞

淒涼調 合肥巷陌皆種柳秋風夕起騷騷然余客居闔戶時聞馬嘶出城四顧則荒煙野草不勝淒黯乃著此解琴有淒涼調假以為名凡曲言犯者謂以宮犯商商犯宮之類如道調宮

上字住雙調亦上字住所住字同故道調曲中犯雙調或于雙調曲中犯道調其他準此唐人樂書云犯有正旁偏側宫犯宫為正宫犯商為旁宫犯角為偏宫犯羽為側此說非也十二宫所住字各不同不容相犯十二宫特可犯商角羽耳余歸行都以此曲示國上田正德使以亞觱篥吹之其韻極美亦曰瑞鶴仙影

緑楊巷陌秋風起邊城一弓離索馬嘶漸遠人歸甚處戍樓吹角情懷甚惡更衰草寒煙澹薄似當時將軍部曲迤邐度沙漠　追念西湖上小舫攜歌晚花行樂舊遊在否想如今翠凋紅落漫寫羊裙等新鴈來時繫着

怕怱怱不肯寄與悞後約

尾犯

夜雨滴空堦孤館夢回情緒蕭索一片閑愁想丹青難摸秋漸老蛩聲正苦夜將闌燈花漸落最無端處忍把良宵只恁孤眠却　佳人應怪我自別後寡信輕諾記得當時剪香雲為約甚時向幽閨深處按新詞流霞共酌再同歡笑肯把金玉珠珍博

東風第一枝　情

傾國傾城非花非霧春風十里獨步勝如西子妖嬈更比太真淡妒鉛華不御謾道有巫山洛浦似恁地標格無雙鎮鎖畫樓深處　曾被風容易送去曾被月等閑留任似花翻使花羞似柳任從柳妬不教歌舞恐化綵雲輕車信下蔡陽城俱迷看取宋玉詞賦

夜合花　自鶴江入京泊葑門外有感

柳暝河橋鶯暗臺苑短策頻惹春香當時夜泊溫柔便入深鄉詞韻窄酒盃長剪蠟花壺箭催忙共追遊處凌

波翠陌連棹横塘　十年一夢淒凉似西湖燕去吳館
巢荒重來萬感依前喚酒銀缸溪雨急岸花狂趂殘鴉
飛過滄茫故人樓上憑誰指與芳草斜陽

欽定四庫全書

夢窗乙稿

欽定四庫全書

夢窻丙稿

宋 吳文英 撰

丹鳳吟 賦陳宗之芸居樓

麗錦長安人海避影繁華結廬深寂燈窗雪戶光映夜寒東壁心彫鬢改鏤冰刻水縹簡離離風籤索索怕遣花蟲蠹粉自採秋芸熏架香汎纖碧 更上新梯窈窕莫山淡著城外色舊雨江湖遠問桐陰門巷燕曾相識

吟壺天小不覺翠蓬雲隔桂斧月宫三萬手計元和通籍輭紅滿路誰聘幽素客

喜遷鶯 甲辰冬至寓越兒輩尚留瓜涇蕭寺

冬分人别渡倦客晚潮傷頭俱雪雁影秋空蝶情春蕩幾處路窮車絶把酒芙温寒夜倚繡添慵時節又底事對愁雲江國離心還折 吴越重會面檢點舊吟同看燈花結兒女相思年華輕送隣户斷簫聲噎待移杖藜雪後猶怯蓬萊寒闊晨起嬾任鴉林催曉梅窗沈月

柳梢青 與龜翁登研意觀雪懷癸卯歲臘朝斷橋竝馬之游

斷夢游輪孤山路杳越樹陰新流水凝酥征衫沾淚都是離痕 玉屏風冷愁人醉爛漫梅花翠雲傍夜船回惜春門掩一鏡香塵

生查子 稽山對雪有感

莫雲千萬重寒夢家鄉遠愁見越溪娘鏡裏梅花面醉情啼枕氷往事分釵燕三月灞陵橋心剪東風亂

玉漏遲 中秋

雁邊風訊小飛瓊望杳碧雲先晚露冷欄干定怯藕絲氷腕淨洗浮雲片玉勝花影春燈相亂秦鏡滿素娥未肯分秋一半　每圓處即良宵甚此夕偏饒對歌臨怨萬里嬋娟幾許霧屏雲幔孤免淒涼照水曉風起銀河西轉摩淚眼瑤臺夢回人遠

一剪梅　贈友人

遠目傷心樓上山愁裏長眉別後蛾鬟莫雲低壓小欄干教問孤鴻因甚先還　瘦倚溪橋梅夜寒雪欲銷時

淚不禁彈剪成釵勝待歸看春枉西窗燈火更闌

點絳唇 越山見梅

春未來時酒攜不到千岩路瘦還如許晚色天寒處無限新愁難對風前語行人去暗銷春素橫笛空山莫

絳都春 題蓬萊閣燈屏

螺屏暖翠正霧捲莫色星河浮霽路幕遞香街馬衝塵東風細梅搓凌海橫鼇背倩穩載蓬萊雲氣寶街斜轉冰娥素影夜清如水 應記千秋化鶴舊華表認得山

川猶是暗解繡囊争擲金錢游人醉笙歌曉度晴霞外

又上苑春生一葦便教接宴鶯花萬紅鏡裏

祝英臺近 除夜立春

翦紅情裁緑意花信上釵股殘日東風不放歲華去有

人添燭西窗不眠侵曉笑聲轉新年鶯語 舊尊俎玉

纖曾擘黄柑柔香繫幽素歸夢湖邊還迷鏡中路可憐

千點吳霜寒銷不盡又相對落梅如雨

燭影揺紅 元夕微雨

碧澹山姿莫寒愁沁歌眉淺障泥南陌潤輕酥燈火深深院入夜笙歌漸暝綵旗翻宜男舞遍恣游不怕素襪塵生行裙紅濺　銀燭籠紗翠屏不照殘梅怨洗妝清靨濕春風宜帶啼痕看楚夢留情未散素娥愁天長信遠曉窗移枕酒困香殘春陰簾捲

掃花遊賦瑶圃萬象皆春堂

暝波印日倒秀影秦山曉鬟梳洗步帷艷綺正梁園未雪海棠猶睡藉緑盛紅怕委天香到地畫舡繫舞西湖

暗黄虹卧新霽　天夢春枕被和鳳筑東風宴歌曲水
海宫對起燦驪光乍溼杏梁雲氣夜色瑶臺禁蠟初傳
翡翠喚春醉問人間幾番桃李

西江月　賦瑶圃青梅枝上晚花

枝裊一痕雪在葉藏幾豆春濃玉奴最晚嫁東風來結
梨花幽夢　香力添熏羅被瘦肌猶怯氷綃緑陰青子
老溪橋羞見東鄰嬌小

宴清都　餞嗣榮仲亨還京

翠羽飛梁苑連催發暮檣留話江燕塵階墮珥瑶扉乍
鑰綵繩雙罥新煙暗葉成陰效翠嫵西陵送遠又趁得
蕋露天香春留建章花晚 歸來笑折仙桃瓊樓宴萼
金漏催箭蘭亭秀語烏絲潤墨漢宮傳翫紅歌醉玉天
上倩鳳尾時題画扇問幾時重駕巫雲蓬萊路淺

桃源憶故人

越山青斷西陵浦一岸密陰疎雨潮帶舊愁生暮曾折
垂楊處 桃根桃葉當時渡嗚咽風前柔櫓燕子不留

春住空寄離檣語

浣溪沙 題史菊屏扇

門巷深深小畫樓闌干曾識凭春愁新蓬遮却繡鴛游

桃觀日斜香掩戶蘋溪風起水東流紫萸玉腕又逢

秋

木蘭花慢 壽秋壑

記瓊林宴起輭紅路幾西風想漢影千年荆江萬頃杳

信長通金狨錦韉賜馬又霜横漢節棗仍紅細栁春陰

喜色四郊秋事年豐　從容歲晚玉關長不閑靜邉鴻訪武昌舊壘山川相繆日費詩筒蘭宫繫書翠羽帶天香飛下玉芙容明月瑶笙奏徹倚樓黄鶴聲中

水龍吟　過秋壑湖上舊居寄贈

小湖北嶺雲多小園暗碧鶯啼處朝回勝賞墨池香潤吟船繫雨霓節千妃錦颿一箭攜將春去算歸期未卜青煙散後春城詠飛花句　黄鶴樓頭月午奏玉龍江梅解舞薰風紫禁嚴更清夢思懷幾許秋水生時賦情還

在南屏別墅看章臺走馬堤邊種取柔絲千樹

夜行船 贈趙梅壑

碧甃清漪方鏡小綺疏淨半塵不到古鬲香深宮壺花換留取四時春好 樓上眉山雲窕窈香衾夢鎮疏清曉並蔕蓮開合歡屏暎玉漏又催朝早

朝中措 贈趙梅壑

吳山相對越山青湘水一春平粉字情深題葉紅波香染浮萍 朝雲莫雨玉壺塵世金屋瑤京晚雨西陵潮

汎沙鷗不似身輕

塞翁吟 餞梅津除郎赴闕

有約西湖去移棹曉折芙容算終是稱心紅染不盡薰風千桃過眼春如夢還認錦疊雲重弄晚色舊香中旋撐入深藂　從容情猶賦氷車健筆人未老南屏翠峯轉河影浮查信早素妃呌海目歸來太液池東紅衣卸了結子成蓮天勁秋濃

風入松 壽梅壑

一飄江上莫潮平騎鶴過瑶京湘波山色青天外紅香蕩玉珮東丁西圃仍圓夜月南風微弄秋聲　阿咸才俊玉壺氷王母最憐生萬年枝上千年葉垂楊鬢春共青青連喚碧筩傳酒雲回一曲雙成

燭影揺紅　越上霖雨應禱

秋入燈花夜深簷影琵琶語越娥青鏡洗紅埃山鬬秦眉嫵相間金茸翠畝認城陰春畊舊處晚春相應新稻炊香疎煙林莽　清磬風前海沈宿裊芙容炷阿香秋

夢起嬌啼玉女傳幽素人駕海査未渡試梧桐聊分宴俎採菱別調留取蓬萊宴時雲住

尾犯 贈浪翁重客吳門

翠被落紅妝流水膩香猶笑吳越十載江楓冷霜波成纈燈院靚涼花乍剪桂園深幽香旋折醉雲吹散晚樹細蟬時替離歌咽 長亭曾送客偷賦錦雁留別淚接孤城渺平蕪煙闊半菱鏡青門重售採香堤秋蘭芙結故人顛頷遠夢越來溪畔月

水龍吟 壽嗣榮王

望中璇海波新訊查又匜銀河轉金風細裊龍枝聲奏鈞韺秋遠南極飛仙夜來催駕祥光重見紫霄承露掌瑶池蔭密蟠桃秀螽蓮綻 新楝晴翬凌漢半涼生蘭䋣書卷繡裳五色昆臺十二香深簾捲花蔞樓高處連清曉千秋傳宴賜長生玉字鸞廻鳳舞下蓬萊殿

宴清都 壽秋壑

翠匜西門栁荆州昔未來時正春瘦如今賸舞西風舊

色勝東風秀黄粱露溼秋江轉萬里雲檣蔽晝正虎落馬静晨嘶連營夜沈刀斗　含章換幾桐陰千官邃幄韶鳳還奏席前夜久天低燕密御香盈袖星槎信約長在醉輿渺銀河賦就對小弦月挂南樓涼浮桂酒

聲聲慢 壽方泉

鷺團棖徑鱸躍蓴波重來雨過中秋酒市漁鄉西風勝似春柔宿春去年村墅看黄雲還委西疇鳳池去信吴人有分借與遲留　應是香山續夢又凝香追詠重到

蘇州青鬢江山足成千嵗風流圍腰御仙花底襯月中金粟香浮夜燕久攬秋雲平倚畫樓

永遇樂 乙巳中秋風雨

風拂塵徽雨侵凉榻纔動幽思緩酒消更移燈傍影淨洗芭蕉耳銅華滄海愁霾重嶂燕北雁南天外算隂晴渾似幾番渭城故人離會 青樓舊日高歌取醉玉妃作經梳洗紅葉流光蘋花雨鬢心事成秋水白凝虗曉香吹輕爐倚窗小瓶疎桂問深宮嫦娥正在妬雲第幾

西江月 登蓬萊閣看桂

清夢重遊天上，古香吹下雲頭，簫聲三十六宮愁高處
花驚風驟 客路覊情不斷闌干晚色先妝千山濃綠
未成秋誰見月中人瘦

朝中措 題陸桂山詩集

殷雲凋葉晚晴初籬落認奚奴纔近西窗燈火旋收殘
夜琴書 秋深露重天空海闊玉界香舒木落秦山清
瘦西風幾許工夫

秋蕊香 和吴見山賦落桂

寶月驚塵墮曉愁鎖空枝殘照古苔幾點露螢小銷減秋光旋少 佩丸尚憶春酥裊故人老斷香忍和淚痕掃魂返東籬夢杳

惜秋華 八月飛翼樓登高

思渺西風悵行踪浪逐南飛高雁怯上翠微危樓更堪凭晚蓬萊對起幽雲淡楚色山容愁捲清淺瞰滄波靜銜秋痕一綫 十載寄吴苑慣東籬深處把露黄偷剪

移莫景照越鏡意銷香斷秋娥賦得閒情倚翠尊小眉初展深勸待明朝醉巾重岸

聲聲慢 和沈時齋八日登高韻

憑高入夢搖落關情寒香吹盡空巖墜葉銷紅欲題秋訊難緘重陽正隔殘照趂西風不響雲尖乘半瞑看殘山灌翠剩水開奩　暗省長安年少幾傳盃弔甫把菊招潛身老江湖心隨飛雁天南烏紗倩誰重整映風林鈎玉纖纖漏聲起亂星河入影畫簷

點絳唇 和吴見山山韻

金井空陰枕痕歴盡秋聲鬧夢長難曉月樹愁鴉悄

梅壓檐梢寒蝶尋香到窗黏了翠池春小波冷鴛鴦覺

又 有懐蘇州

明月茫茫夜來應照南橋路夢遊熟處一枕啼秋雨

可惜人生不向吴城住心期誤雁將秋去天遠青山莫

慶春宫 題錢得閒園池

春屋圍花秋池沿草舊家錦籍川原蓮尾分津桃邉迷

路片紅不到人間亂篁蒼暗料惜把行題共刪小晴簾捲獨占西嬙一鏡清寒　風光未老吟潘嘶騎征塵秪付憑欄鳴瑟傳杯辟邪翻爐繫船香斗春寬晚林青外亂鴉著斜陽幾山粉銷莫染猶是秦宮綠擾雲鬟

蝶戀花　和吴見山韻

明月枝頭香滿路幾日西風落盡花如雨倒照秦眉天鏡古秋明白鷺雙飛處　自摘霜蔥宜薦俎可惜重陽不把黃花與帽墮笑憑纖手取清歌莫送秋聲去

玉樓春 和吴見山韵

闌干獨倚天涯客心影暗彫風葉寂千山秋入雨中青一雁算隨雲去急 霜花強弄春顔色相弔年光澆大白海煙沉處倒殘霞一杼鮫綃和淚織

柳梢青 題錢得閒四時圖画

翠嶂圍屏留連迅景花外油亭淡色煙昏濃光清曉一幅閑情 輞川落日漁罾寫不盡人間四并亭上秋聲鶯能春語難入丹青

燭影摇紅 餞馮深居翼日深居初度

飛蓋西園晩秋恰勝春天氣霜花開盡錦屏空紅葉新裝綴時放清杯泛水暗凄涼東風舊事夜吟不就松影闌干月籠寒翠 莫唱陽關但憑綵袖歌千歳秋星入夢隔明朝十載吴宫會一棹回潮渡葦正西窗燈花報喜栁蠻櫻素試酒争憐不教不醉

齊天樂 與馮深居登禹陵

三千年事殘鴉外無言倦憑秋樹逝水移川高陵變谷

郵識當時神禹幽雲怪雨翠蓱溼空梁夜深飛去雁起青天數行書似舊藏處　寂寥西窗坐久故人慳會遇同剪燈語敗蘚殘碑零圭斷璧重拂人間塵土霜紅罷舞謾山色青青霧朝煙莫岸鎖春船畫旗賽鼓

水龍吟　壽梅津

杜陵折柳狂吟硯波尚溼紅衣露仙桃宴早江梅春近還催客句宮漏傳雞禁門嘶騎宦情熟處正黄編夜展天香字暖春葱剪紅蜜炬　宮帽鸞枝醉舞思飄颻

仙風舉星羅萬卷雲驅千陣飛豪海雨長壽盃深採春腔穩江湖同賦又看看便繫金鞭鶯曉傍西湖路

又 用見山韵餞别

夜分谿館漁燈巷聲乍寂西風定河橋送遠玉簫吹斷霜絲舞影薄絮秋雲澹蛾山色宦情歸興怕煙江渡後桃花又汎宫溝上春流緊　新句欲題還省透香煤重牋誤隱西園已負林亭移酒松泉薦茗攜手同歸處玉奴喚綠窗春近想驕驄又踏西湖二十四番花訊

浣溪沙 陳少逸席上用聯句韻有贈

秦黛横愁送莫雲越波秋淺暗啼昏空庭春草緑如裙
綵扇不歌原上酒青門頻返月中魂花開空憶倚闌人

又

一曲鸞簫别綵雲燕釵塵澀鏡華昏灞橋舞色褪藍裙
湖上醉迷西子夢江頭春斷倩娘魂旋緘紅淚寄行人

探春慢 龜翁下世後登研意

苔徑曲深深不見故人輕敲幽户細草春回目送流光一羽重雲冷哀雁斷翠微空愁蝶舞逞鳴鞭游蓬小夢枕殘驚寤 還識西湖醉路向栁下竝鞍銀袍吹絮事影難追郎負燈妝闌雨氷谿憑誰照影有明月乗輿去暗相思梅孤瘦芙江亭莫

塞垣春 丙午歲旦

漏瑟侵瓊莞潤鼓借烘爐暖藏鈎怯冷畫難臨曉隣語

鶯轉𫊸緑窗細呪浮梅琖换蜜炬花心短夢驚回林鴉起曲屏春事天遠　迎路柳絲裙看爭拜東風盈灞橋岸髻落寶釵寒恨花勝遲燕漸街簾影轉還似新年過郵亭一相見南陌又燈火繡囊塵香淺

一翦梅 賦處靜以梅花枝見贈

老色頻生玉鏡塵雪澹春姿越看精神溪橋人去幾黄昏流水冷冷都是啼痕　細雨輕寒莫掩門蒡緑燈前酒帶香温風情誰道不因春春到一分花瘦一分

木蘭花慢 餞韓似齋赴江東鹺幕

潤寒梅細雨捲燈火暗塵香正萬里胥濤流花漲膩春共東江雲檣未傳燕語過罘罳垂柳舞鵷黄留取行人繫馬軃紅深處聞鶯　霽月清風凝望久悠颺鄮山蒼又紫簫一曲還吹別調楚際吳傍仙方袖中祕寶遺蓬萊弱水變飛霜寒食春城秀句趁花飛入宮牆

探芳信 賀雲麓先生祕閣滿月

探春到見絲花釵頭玉燕來早正紫龍眠重明月弄清

曉夜塵不沁銀河水金盎供新澡鎮帷犀護緊東風秀藏芝草　星斗爍懷抱問霧暝藍田玉長多少禁苑傳香梛邉語聽鸎報片雲飛趂春潮去　紅輭長安道試回頭一點蓬萊翠小

燕歸梁　對雪醒坐上雲麓先生

一片游塵拂鏡灣素影護梅殘行人無語看春山背東風兩蒼顏　夢飛不到梨花外孤館閑更寒誰憐消渴老文園聽溪聲瀉冰泉

解語花 立春風雨併餞翁處靜江上之役

簷花舊滴帳燭新啼香潤殘冬被澹煙疎綺淩波步暗阻傍牆挑薺梅痕似洗空點點年華别淚花鬢愁釵股籠寒綵燕沾雲膩　還鬭辛盤葱翠念青絲牽恨曾試纖指雁回潮尾征帆去似與東風相避泥雲萬里應翦斷紅情綠意年少時偏愛輕憐和酒香宜睡

祝英臺近 餞陳少逸被倉臺檄行部

問流花尋夢草雲暝翠微路錦屛峯前淺約晝行處不

教嘶馬飛春一奩越鏡郵銷盡紅吟緑賦　送人去長絲初染柔黄晴和曉煙舞心事偷占鸎漏漢宫語趁得羅蓋天香歸來時候共留取玉闌春住

烏夜啼 題趙三畏舍館海棠

醉痕深暈潮紅睡初濃寒食來時池館舊東風　銀燭換月西轉夢魂中明日春和人去繡屏空

浪淘沙 有得越中故人贈紅梅者為賦贈

緑樹越溪灣過雨雲殷西陵人去莫潮還鉛淚結成紅

栗顆封寄長安　别味帶生酸愁憶眉山小樓燈外練
花寒衫袖醉痕花唾在猶染微丹

踏莎行

潤玉籠綃檀櫻倚扇繡圈猶帶脂香淺榴心空疊舞裙
紅艾枝應壓愁鬟亂　午夢千山窗陰一箭香瘢新褪
紅絲腕隔江人在雨聲中晚風菰葉生愁怨

齊天樂 與江湖諸友泛湖

麴塵猶沁傷心水歌蟬暗驚春換露藻清啼煙蘿淡碧

先結湖山秋怨波簾翠捲嘆霞薄輕綃汜人重見傍柳
追涼暫疎懷袖負紈扇 南花清鬭素靨畫船應不載
坡靜詩卷泛酒芳筩題名蠹壁重集湘鴻江燕平蕪未
剪怕一夕西風鏡心紅變望眼愁生莫天菱唱遠

繞佛閣 與沈野逸東皐天街盧樓追涼小飲

夜空似水橫漢靜立銀浪聲杳瑤鏡奩小素娥乍起樓
心弄孤照絮雲未巧梧韻露井偏借秋早暗情多少怕
教徹膽寒光見懷抱 浪迹尚為客恨滿長安千古道

還記暗螢穿簾街語悄歎步影歸來人鬢花老紫簫天渺又露飲風前涼墮輕幘酒盃空數星横曉

秋蕋香 七夕

嬾浴新涼睡早雪靨酒紅侵笑倚樓起把繡針小月冷秋波夢覺 怕聞井葉西風到恨多少粉河不語墮秋曉雲雨人間未了

踈影 賦墨梅 舊刻暗香非

占春壓一捲峭寒萬里平沙飛雪數點酥鈿幾枝瘦玉

凌曉東風吹裂獨自曳橫梢瘦影入廣平裁冰詞筆記
五湖清夜推蓬臨水一痕微月 何遜揚州舊事五更
夢半醒胡調吹徹若把南枝圖入凌香煙玉樓瓊闕相
將初試紅鹽味到煙雨青黃時節想雁空北落冬深澹
墨晚天雲闊

聲聲慢 畿漕廨建新樓上梅津

清漪銜苑御水分流阿階西北青紅朱栱浮雲碧窗宿
霧濛濛璇題淨橫秋影笑南飛不過新鴻延桂景見素

娥梳洗微步瓊空　城外湖山十里想無時長蔽罨畫

簾櫳暗揶回堤何須繫馬金狨鸎花翰林千首綵毫飛

海雨天風鳳池上又相思春夜夢中

木蘭花慢 送翁五峯遊江

送秋雲萬里算卷舒總河心歎路轉羊腸人營燕壘霜

滿蓬簪愁侵庾塵滿袖便封侯那羨漢淮陰一醉蓴絲

膾玉忍教菊老松深　離音又聽西風金井樹動秋唫

向莫江目斷鴻飛渺渺天色沉沉沾襟四絃夜語問楊

瓊往事到寒砧爭似湖山歲晚靜梅香底同斟

瑞鶴仙 丙子重九

亂雲生古嶠記舊遊惟怕秋光不早人生斷腸草歎如今揺落暗驚懷抱誰臨晚眺吹臺高霜歌縹緲想西風此處留情肯著故山宸帽　聞道萸香西市酒熟東鄰浣花人老金鞭騕褭追吟賦倩年少想重來新雁傷心湖上銷減紅深翠窈小樓寒睡起無聊半簾晚照

浪淘沙 九日從吴見山覓酒

山遠翠眉長高處淒涼菊花清瘦杜秋娘淨洗綠盃牽露井聊薦幽香　烏帽壓吴霜風力偏狂一年佳節過西廂秋色雁聲愁幾許都在斜陽

水調歌頭　賦方泉望湖樓

屋下半流水屋上幾青山賞心千頃明鏡入座玉光寒雲起南峰未雨雲斂北峯初霽健筆寫青天俯瞰古城堞不礙小闌干　繡鞍馬輭紅路乍回班層梯影轉停午信手展緗編殘照游船收盡新月書簾纔捲人在翠

壺間天際笛聲起塵世夜慢漫

思佳客 賦半面女髑髏

釵燕攏雲睡起時隔牆折得杏花枝青春半面妝如畫細雨三更花又飛 輕愛别舊相知斷腸青塚幾斜暉亂紅一任風吹起結習空時不點衣

垂絲釣

聽風聽雨春殘落花門掩乍倚玉闌旋剪天豔携醉靨放遡溪游纜波光掩映燭花點灣 碎霞澄水吳宫初

試菱鑑舊情頓減孤負深盃灩衣露天香染通夜飲問漏移幾點

喜遷鶯 賦王臞菴與閒堂

煙空白鷺乍飛下似呼行人相語細縠春波微痕秋月曾認片帆來去萬頃素雲遮斷十二紅簾鈎處黯愁遠向虹腰時送斜陽凝竚　輕許孤夢到海上幾宮玉冷深窗戶遥指人間隔江燈火漠漠水蘋摇莫看葺斷磯殘釣替却珠歌雪舞吟未了去匆匆清曉一闌煙雨

西河 陪鶴林先生登花園

春乍霽清漣畫舫融洩螺雲萬疊黯凝秋黛蛾照水謾將西子比西湖溪邊人更多麗步危徑攀豔蓝擲霞到手紅碎青蛇細折 小廻廊去天半尺画闌入莫起東風棋聲吹下人世海棠藉雨半繡地殘寒退初卸羅綺除酒消春何計高沙頭更續斜陽一醉雙玉盃和流花洗

點絳唇

推枕南窗楝花寒入單紗淺雨簾不捲空礙調雛燕一握柔葱香染榴巾汗音塵斷畫羅團扇山色天涯遠

滿江紅 餞方蕙岩赴闕

竹下門敲又呼起蝴蝶夢清閒裏看隣牆梅子幾度仁生燈外江湖多夜雨月邊河漢獨晨星向草堂清曉卷琴書猿鶴驚　宮漏靜朝馬鳴西風起已闗情斜空音不在女瑟媧笙蓮蕩折花香未晚野舟横渡水初晴看高鴻飛上碧雲中秋一聲

祝英臺近 春日客龜溪遊廢園

採幽香巡古苑竹冷翠微路鬬草溪根沙印小蓮步自憐雨鬢清霜一年寒食又身在雲山深處 晝閒度因甚天也慳春輕陰便成雨緑暗長亭歸夢趁風絮有情花影闌干鶯聲門徑解留我霎時凝竚

珍珠簾 春日客龜溪過貴人家隔牆聞簫鼓聲疑是按舞竚立久之

水沈爐煖餘煙裊竚立行人宫道麟帶壓愁香聽舞簫雲渺恨縷情絲春絮遠悵夢隔銀瓶難到寒峭有東風

垂柳學得腰小　還近緑水清明歎孤身如燕將花頻
繞細雨溼黄昏半醉歸懷抱蠧損歌紈人去久謾淚沾
香蘭如笑書杳念客枕幽單看春漸老

滿江紅　甲辰歲盤門外寓居過重午

結束蕭仙嘯梁鬼依還未滅荒城外無聊閒看野煙一
抹梅子未黄愁夜雨榴花不見簪秋雪又金羅紅字寫
香詞年時節　簾底事憑燕説合歡縷雙條脱自香銷
紅臂舊情都别湘水離魂菰葉怨楊州無夢銅華闕倩

卧簫吹裂晚天雲看新月

木蘭花慢 餞趙山臺

指罘罳曉月動涼信又催歸正玉漲松波花穿畫舫無限紅衣青絲傍橋淺繫問笛中誰奏鶴南飛西子冰綃冷處素娥寶鏡圓時　清奇好借秋光臨水色寫瑶卮向醉中織就天孫雲錦一杼新詩依稀數聲禁漏又東華塵染帽簷緇爭似西風小隊便乘鱸膾秋肥

極相思 題陳藏一水月梅扇

玉纖風透秋痕涼與素懐分乘鸞歸後生綃淨剪一片
氷雲 心事孤山春夢在到思量猶斷詩魂水月清冷
香銷瘦影人立黄昏

醉蓬萊 和方南山韻

碧天書信斷寶枕香留淚痕盈袖誰識秋娥比行雲纖
瘦象尺熏爐翠鏈金縷記倚牀同繡月蟬璚梳氷銷粉
汗南花薫透 盡是當時少年清夢臂約痕深帊綃紅
綿憑鵲傳音恨語多輕漏潤玉留情沈郎無奈向柳陰

期候數曲催闌雙鋪深掩風鐶鳴獸

三部樂 賦姜石帚漁隱

江鷗初飛蕩萬里素雲際空如沫詠情吟思不在秦箏金屋夜潮上明月蘆花傍釣簑夢遠句清敲玉翠罌汲曉欸乃一聲秋曲 片篷障雨乘風半竿渭水伴鷺汀幽宿郵知煥袍挾錦低簾籠燭鼓春波載花萬斛帆鬣轉銀河可擲風定浪息滄茫外天浸寒綠

秋思耗 荷塘為括蒼名姝求賦聽雨小閣

堆枕香鬟側驟夜聲偏稱畫屏秋色風碎串珠潤侵歌板愁壓眉窄動羅箑清商寸心低訴叙怨抑映夢窗零亂碧待漲緑春深落花香泛料有斷紅流處暗題相憶歡夕簷花細滴送故人粉黛重飾漏侵瓊瑟丁東敲斷弄晴月白怕一曲霓裳未終催去驂鳳翼歎謝客猶未識謾瘦却東陽燈前無夢到得路隔重雲雁北

法曲獻仙音 賦秋晚紅白蓮

風拍波驚露零秋覺斷緑衰紅江上豔拂潮妝澹凝氷

靨別翻翠池花浪過數點斜陽雨啼綃粉痕冷宛相向
指汀洲素雲飛過清麝洗玉井曉霞珮響寸藕折長
絲何郎心似春風蕩半掬微涼嬌蟬聲遠度菱唱伴鴛
鴦秋夢醉醒月斜輕帳

愁春未醒 侍雲麓先生登飛翼樓觀雲

東風未起花上纖塵無影峭雲溼凝酥深塢洗梅清釣
捲愁絲冷浮虹氣海空明若耶門閉扁舟去嬾客思鷗
輕 幾度問春倡紅冶翠空媚陰晴看真色千巖一素

天澹無情醒看重開玉鉤簾外曉峯青相扶輕醉越山更上臺最高層

月中行

疎桐翠井蚤驚秋葉葉雨聲愁燈前倦客老貂裘燕去柳邊樓　吳宮寂莫空煙水渾不認舊采菱洲秋花旋結小盤虬蝶怨夜香畱

欽定四庫全書

夢窻丙稿

欽定四庫全書

夢窗丁稿

宋 吳文英 撰

瑞龍吟 賦蓬萊閣 舊刻雙調非

墮紅際層觀冷翠玲瓏五雲飛起玉虬縈結城痕淡煙半野斜陽半市俯瞰危梯門巷去來車馬夢游宮蟻秦鬟古色凝愁鏡中暗換明眸皓齒 東海青桑生處勁風吹淺瀛洲清沚山影況出碧樹人世旗槍芽焙綠魯

試雲根味岩流濺涎香怕攪驕龍春膳露草啼清淚灑香斷文丘廢隧今古秋聲裏情謾黯寒鴉孤村流水半空裏畫角落月地

瑞鶴仙 壽方蕙岩寺簿

轆轤秋又轉記旋草新詞江頭憑雁乘槎上銀漢想車塵纔踏東華紅軟何時賜見漏聲涼移宮夜半問尊罏今幾西風未覺歲華遲晚 一片丹心白髮滴露研朱雅陪清燕班回柳院蒲團底小禪觀望眾恩明月初圓

此夕應笑嬋娟茂苑頤年年玉兔長生聳秋并幹

思佳客 閏中秋

丹桂花開第二番東籬展却宴期寛人間寶鏡離仍合
海上仙槎去復還 分不盡半涼天可憐閑剰此嬋娟
素娥未隔三秋夢贏得今宵又倚闌

沁園春 賦方泉

澄碧西湖軟紅南陌銀河地穿見華星影裏仙棋局靜
清風行處瑞玉圭寒斜谷山深望春樓遠無此峥嶸小

渭川春漲地解不波不涸獨障狂瀾 白公去後坡仙
繼菊井佳名相與傳試摩挲勁石無令折角丁寧明月
莫涴規圓漫結鷗盟那知魚樂心止中流別有天無塵
夜聽吾伊正在秋水闌干

齊天樂 毘陵陪雨別駕宴丁園

竹深不放斜陽入橫波澹墨林沼斷莽平煙殘荷剩水
宜得秋深纔好荒亭旋埽正著酒寒輕弄花春小障錦
西風半圍歌袖半吟草 游清興易嬾景饒人未勝樂

事長少柳下停車尊前岸幘同撫雲根一笑秋香未老

漸風雨西城暗欹客帽背日移舟亂鴉溪樹曉

玉樓春 為故人壽母

華堂宿讌連清曉醉裏笙歌雲窈裊釀成千日酒初香

過却重陽秋更好　阿兒早晚成名了玉樹階前春滿

抱天邊金鏡不須磨長與妝樓懸晚照

醉落魄 題藕花洲尼扇

春溫紅玉纖衣學剪嬌鴉綠夜香燒短銀屏燭偷擲金

錢重把寸心卜　翠深不礙鴛鴦宿採菱誰記當時曲
青山南畔紅雲北一葉波心明滅淡妝束

蝶戀花 題華山道女扇

北斗秋横雲髻影鬢羽衣輕腰減青絲剩一曲游仙聞
玉磬月華深院人初定　十二闌干和笑凭風露生寒
人在蓮花頂睡重不知殘醉醒幾度啼鴉暝

朝中措 題蘭室道女扇

楚皐相遇笑盈盈江碧遠山青露重寒香有恨月明秋

珮無聲　銀燈炙了金爐燼暝真色羅屏病起十分清
瘦夢闌一寸春情

江城梅花引　贈倪梅村　舊刻題誤

江頭何處帶春歸玉川迷路東西一鴈不飛雪壓凍雲
低十里黄昏成曉色竹根籬分流水過翠微　帶書傍
月自鉏畦苦吟詩生鬢絲半黄細雨翠禽語似説相思
惆悵孤山花盡草離離半幅寒香家住遠小簾垂玉人
誤聽馬嘶

杏花天 詠湯

蠻薑荳蔻相思味算却在春風舌底江清愛與消殘醉顦顇文園病起　停嘶騎歌眉送意記曉色東城夢裏紫檀暈淺香波細腰斷壐楊小市

倦尋芳 花翁遇舊歡吴門老妓李怜邀分韻同賦此詞

墜缾恨并塵鏡迷樓空閉孤燕寄別崔徽清瘦畫圖春面約舟移楊柳繫有緣人映桃花見叙分攜悔香瘢謾爇綠鬟輕剪　聽細語琵琶幽怨客鬢蒼華衫袖溼

徧嶄老芙蓉猶自帶霜遥看一縷情深朱户掩雨痕愁
起青山遠被西風又驚吹夢雲分散

滿江紅 劉朔齋賦
菊和韻

露浥初英蚤遺恨參差九日還却笑萸隨節過桂彫無
色盃盎寒香蟻笑泛籬根秋訊蛩催織愛玲瓏篩月水
屏風千枝結 芳井韻寒泉咽霜著處微紅溼共評花
索句看誰先得好漉烏巾連夜醉莫愁金鈿無人拾算
遺蹤猶有枕囊留相思物

朝中措 聞桂香

海東明月鎖雲陰花在月中心天外幽香輕漏人間仙影難尋　并刀剪葉一枝曉露綠鬢曾簪惟有別時難忘冷煙踈雨秋深

龍山會 陪毗陵幕府諸名勝載酒雙清賞芙容

石徑幽雲冷步帳深深豔錦青紅亞小橋和夢醒環珮香煙水茫茫城下何處不秋陰問誰借東風豔治最嬌嬈愁侵醉霜淚洒紅綃　搖落翠莽平沙挽斜陽駐短

亭車馬曉粧羞未墮沈恨起金谷魂飛深夜驚雁落清歌酹花觥船快瀉去來捨月向井梧梢上挂

夢行雲 即六么花十八 和趙修全韻

簟波皺纖縠朝炊熟眠未足青奴細膩未揩真珠斛素蓮幽怨風前影搔頭斜墜玉　畫闌枕水垂楊梳雨青絲亂如乍沐嬌笙微韻晚蟬亂秋曲翠陰明月勝花夜郎愁春去速

天香 壽筠塘內子

碧藕藏絲紅蓮竝蔕荷塘水暝香斗窈窕文窗深沉書幔錦瑟歲華依舊洞簫韻裏同跨鶴青田碧岫菱鏡妝臺挂玉芙容豔褥鋪繡　西隣障蓬漂手笑華朝夢闌分秀未冷綺簾猶捲淺冬時候秋到霜黃半畝便準擬攜花就君酒花酒年華天長地久

謁金門 和勿齋韻

雞唱晚斜照西窗白暝一枕午醒幽夢遠素衾春絮軟紫燕紅樓歌斷錦瑟華年一箭偷果風流輸曼倩畫

陰爭繡綫

鶯啼序　和趙修全韻　舊刻分四段非

橫塘棹穿豔錦引鴛鴦弄水斷霞晚笑折花歸紅紗籠護燈蓰潤玉瘦冰輕倦浴斜拖鳳股盤雲墜聽銀水聲細梧桐漸攪涼思　窗隙流光冉冉迅羽想空梁燕子誤驚起風竹敲門故人還又不至記琅玕新詩陳迹搯香痕纖蔥玉指怕因循羅扇恩疎又生秋意西湖舊日畫舸頻移不定歎幾縈夢寐霞珮冷飛雨乍溼鮫綃暗

盛紅淚波心宿處練單夜笑瓊簫吹月霓裳舞尚明朝
未覺花容顇嫣香易落回頭淡碧銷煙鏡空晝羅屏裏
殘蟬度曲唱徹西園也感紅怨翠省慣吳宮幽憩暗
栁退涼曉岸參斜露零鷗起絲縈寸藕留連歡事桃笙
平展湘浪影有昭華穠李冰相倚如今鬢點淒霜半篋
秋詞恨盈蠹紙

點絳唇

香泛羅屏夜寒著酒宜偎倚翠偏紅墜喚起芙容睡

一曲伊州秋色芭蕉裏嬌和醉眼情心事愁隔湘江水

繞佛閣 贈郭李隱

蒨霞豔錦星媛夜織河漢鳴杼紅翠萬縷送幽夢與人閒秀芳句怨宫恨羽孤鵁漫倚無限淒楚賦情縹緲東風搖颺花絮繞芳溆 鏡裏半鬢雪詞老春深鶯曉處長閉翠陰幽坊楊柳户看故苑離離徧生禾黍短蕪青屨

夜遊宫

笑寄隱閒追雜社歌舞最風流墊巾沾雨

人去西樓雁杳敘别夢揚州一覺雲淡疎星楚山曉聽
啼烏立河橋話未了 雨外蛩聲早細織就霜絲多少
説與蕭娘未知道向長安對秋燈幾人老

如夢令

春在緑窗楊栁人與流鶯俱瘦眉底暮寒生簾額時翻
波皺風驟風驟花徑啼紅滿袖

醉桃源 荷塘小隱
賦燭影

金丸一樹帶霜華銀臺摇豔霞燭陰樹影兩交加秋紗

機上花　飛醉筆駐吟車香浮小隱家明朝客夢付啼鴉歌闌月未斜

絳都春　餞李太博赴括蒼别駕

長亭旅雁歛倦羽寄栖牆陰年晚問字翠樽刻燭紅箋慳曾展氷灘鳴珮舟如箭笑烏幘臨風重岍可怜垂栁清霜萬縷送將人遠　吴苑千金未散買新賦笑賞文園詞翰流水翠微明月清風平分半花深驛路香不斷萬玉舞巺𢙣東苑祗應花底春多輭紅霧燠

漢宫春壽王虞州

懷得銀符卷朝衣歸袖猶惹天香星移太微幾度飛出西江吴城駐馬趂肥鱸膾蟻初嘗紅霧底金門候曉爭如小隊春行　何用倚樓看鏡算槁中深趣日月偏長江山待吟秀句梅驛催妝東風水煥弄煙嬌語燕飛檣來歲醉鵲樓勝處紅圍舞袖歌裳

瑶花分韻得作字戲虞宜興

秋風采石羽扇揮兵認紫騮飛躍江蘺塞草應笑春空

鎖凌煙高閣胡歌秦隴問鐃鼓新詞誰作有秀蓀來染吳香瘦馬青芻南陌　氷澌細響長橋蕩波底蛟腥不涴霜鍔烏絲醉墨紅袖煥十里湖山行樂老仙何處算洞府光陰如昨想地寛多種桃花豔錦東風成幄

瑞鶴仙壽雲麓先生

記年時秋半看畫堂凝香璇奎初煥天邊歲華轉向九重春近仙桃傳宴銀罌翠管寶香飛蓬萊小苑感玉皇恩重千秋翠麓峻齊雲漢　須看鴻飛高處野闊天寛

弋人空羨梅清水暎苕溪畔幾吟卷算金門聽漏玉墀班平贏得風霜滿臉總不如綠野身安鏡中未晚

暗香 送魏句濱宰吳縣解組分韻得闔字

縣花誰葺記滿庭燕麥朱扉斜闔妙手作新公館青紅曉雲溼天際疎星趁馬畫簾隙冰絃三疊盡換却吳水吳煙桃李靚春靨 風急送帆葉正雁水夜清卧虹平帖輭紅路接塗粉闈深早催入懷暎天香宴果花隊簇輕軒銀燭便問訊湖上柳雨堤翠匝

淒涼犯又名瑞鶴仙影 賦重臺氷仙

空江浪闊清塵凝層層刻鏤氷葉水邉照影華裙曳翠露搔淚溼湘煙葺合塵韈凌波半涉怕臨風欺瘦骨護冷素衣疊　樊姊玉奴恨小鈿疎唇洗妝輕怯犯人最苦粉痕深幾重愁靨面花溢香濃猛薰透霜綃細摺倚瑤臺十二金錢暈半闕

思佳客癸卯除夜 舊刻失題

自唱新詞送歲華鬢絲添得老生涯十年舊夢無尋處

幾度新春不在家 衣嬾換酒難賖可憐此夕看梅花
隔年昨夜青燈在無限粧樓盡翠華

宴清都 送馬林屋赴南宮分韻得動字

桺色春陰重東風力快將雲雁高送書檠細雨吟窗亂
雪天寒筆凍家林秀橘霜老笑分得蟾邊桂種應茂苑
斗轉蒼龍淮潮獻奇吴鳳 玉眉暗隱華年凌雲氣壓
千載雲夢名箋淡墨恩袍翠草紫騮青鞚飛香杏園新
句眩醉眼春游乍縱弄喜音鵲遶庭花紅簾影動

六醜 壬寅歲吴門元夕風雨

漸新鵝映柳茂苑鎖東風初掣館娃舊遊羅襦香未滅玉夜花節記向留連處看街臨晚放小簾低揭星河瀲灎春雲熱笑靨欹梅仙衣舞纈澄澄素娥宫闕醉西樓十二銅漏催徹 紅消翠歇歎霜簪練髮過眼年光舊情盡别泥深厭聽啼鴂恨愁霏潤沁陌頭塵襪青鸞杳鈿車音絶却因甚不把歡期付與少年華月殘梅瘦飛趁風雪丙夜永更説長安夢燈花正結

蕙蘭芳引 賦陳藏一家吴郡王畫圖墨蘭

空翠闕雲楚山迥故人南北秀骨冷盈盈闕空清洗九畹料未許千金輕債淺笑還輕語蔓草羅裙一幅素女情多阿真嬌重喚口空谷弄野色煙姿宜埽怨蛾澹墨光風入户媚香傾國湘佩寒幽夢小窗春足

探芳信

為春瘦更瘦如梅花花應知否任枕函雲墜離懷半中

酒雨聲樓閣春寒裏寂莫收燈後甚年鬬草心期探花時候　嬌嬾强拈繡暗背裏相思閒供晴晝玉合羅囊蘭膏漬透紅荳舞衣疊損金泥鳳妬折闌干柳幾多愁兩點天涯遠岫

惜黃花慢　賦菊

粉靨金裳映繡屏認得舊日蕭娘翠微高處故人帽底一年最好偏是重陽避春祇怕春不遠傍徑烟偷理秋粧殢醉鄉寸心似翦漂蕩愁觴　潮頭笑入清霜鬭萬

花樣巧深染蜂黄露痕千點自憐舊色寒泉半掬百感幽香雁聲不到東籬畔滿城但風雨凄涼最斷腸夜深怨蝶飛狂

金縷歌 為德清趙令君賦小垂虹

浪影龜紋皺蘸平煙青紅半溼枕溪窗牖千尺晴虹映碧漪萬疊蘿屏擁繡謾幾度吴船回首歸興五湖應不到向滄茫釣雪人知否樵唱杳度深秀　重來趁得花時候記留連空山夜雨短亭春酒桃李新栽成蹊處盡

是行人去後但東閣官梅清瘦欸乃一聲山水緑燕無言風定紅簾晝寒正悄彈吟袖

青玉案 重到溪葵園

東風客雁溪邊道帶春去隨春到認得踏青香徑小傷高懷遠亂雲深處目斷湖山杳　梅花似惜行人老不忍輕飛送殘照一曲秦娥春態少幽香誰採舊寒猶在歸夢啼鵙曉

浣溪沙 題李中笙舟中梅屏

冰骨清寒瘦一枝玉人初上木蘭時嬾妝斜立澹春姿月落溪窮清影在日長春去畫簾垂五湖水色掩西施

探芳信 雲麓小園早飲客供棋事琴事 舊刻缺半調

轉芳徑見霧捲晴漪魚弄游影旋解纓濯翠臨枰闕修林竹色花香處意足多新詠試把龍唇供來時舊寒纔定門巷都深静但酒敵曉寒共消日永舊曲漪瀾待留向月中聽藻蘋密布官溝水任汎流紅冷小闌

千笑拍東風醇醒

採桑子 瑞香

茜羅結就丁香顆顆顆相思猶記年時一曲春風酒一巵 綵鸞依舊乘雲到不負心期清睡濃時香趁銀屏蝴蝶飛

三姝媚 姜石帚館水磨方氏會飲總宜即事寄毛荷塘

酣春清鏡裏照清波明眸䕺雲愁歛半緑垂絲正楚腰纖瘦舞衣初試燕客漂零煙樹冷青驄曾繫畫館朱橋

還把清尊慰春顦顇　離苑幽芳深閉恨淺薄東風褪
香銷膩綵箋翻歌最賦情偏在笑紅顰翠暗拍闌干看
散盡斜陽船市付與嬌鸎金衣清晚花深未起

水龍吟　雲麓新葺北墅園池

好山都在西湖斗城轉北多流水屋邊五畝橋通雙沼
平煙蘸翠旋疊雲根半開竹徑鷗來須避四時長把酒
臨花傍月無一日不春意　獨樂當時高致醉吟篇如
今還繼舉見日葵心傾闕　歸計浮碧亭泛紅波迴

桃源人世待天香雲外開時又勝翠陰青子

燭影搖紅 雲麓夜燕園亭

新月侵堦綵雲林外笙簫透銀臺雙月繞花行紅墜香沾袖不管籤聲轉漏更明朝棋消永晝靜中閒看倦羽飛還遨雲出岫 隨處春光翠陰郵抵西湖柳去年溪上牡丹時還試長安酒都把愁懷抖擻笑流鶯啼春謾瘦曉風盡惡妬雪寒銷梅梢成荳

又 毛荷塘生日留京不歸賦以寄意

西子西湖賦情合載鴟夷棹斷橋直去是孤山應為梅花到幾度吟昏醉曉背東風偷閒鬭草亂鴉啼後解珮歸來春懷多少　千里嬋娟茂園今夜同清照櫻脂茸唾聽吟詩爭似還家好昵昵西窗語笑鳳雲深瓊簫縹緲願春如舊柳帶同心花枝壓帽

望江南

二月暮花落更情濃人去鞦韆閒挂月馬停楊柳倦嘶風堤畔畫船空　厭厭醉長日小簾櫳宿燕夜歸銀燭

外啼鸎驚聲在緑陰中無處覓殘紅

天香 賦薰衣香

珠絡玲瓏羅囊閒鬭酥懷暖麝相倚百和花鬚十分風韻半襲鳳箱重綺茜籠四角幮未結流蘇春睡薰度紅薇院落煙銷畫屏沈水　温泉絳綃乍試露華侵透肌蘭泚漫省淺溪月夜暗浮花氣荀令如今老矣但未識韓郎舊風味遠寄相思餘薰夢裏

江神子 賦落北碧沼小庵

長安門外小林丘碧壺秋浴輕鷗不放啼紅流水透宮溝時有晴空雲過影華鏡裏翳魚游　綺羅塵滿九街頭晚香樓夕陽收波畫琴高仙子駕黄蚪清磬數聲人定了池上月照虗舟

沁園春 送翁賓暘游鄂渚

情如之何莫途為客忍堪送君便江湖天遠中宵同舟闗河秋近何日清塵玉麈生風貂裘明雪幕府英雄今幾人行清早料剛腸肯殢淚眼難翦　平生秀句清尊

到帳動風開自有神聽夜鳴黄鶴樓高百尺朝馳白馬
筆埽千軍賈傅才高岳家軍壯好勒燕然石上文一巵
酒念故人老矣甘卧閒雲

採桑子

水亭花上三更月扇與人閒弄影闌干玉燕重抽攏墜
簪　心期偷卜新蓮子秋入眉山翠破紅殘半簟湘波
生曉寒

清平樂　書梔子扇

柔柯剪翠蝴蝶雙飛起誰墮玉鈿花徑裏香帶薰風臨水露紅滴盡秋枝金泥不染禪衣結得同心成了任教春去多時

燕歸梁 書水仙扇

白玉搔頭墜髻鬆怯冷翠裙重當時離珮解丁東淡雲低葺江空青絲結帶鴛鴦琖歲華晚又相逢綠塵湘水避春風步歸來月宮中

西江月

江上桃花流水天涯芳草青山樓臺春瑣碧雲灣都入行人望眼　一鏡波平鷗去千林落日鴉還天風裊裊送輕飆驀過星槎銀漢

滿江紅

翠幙深庭露紅晚閒花自發春不斷亭臺成趣翠陰蒙密紫燕雛飛簾額靜金鱗影轉池心闊有花香竹色賦閒情供吟筆　閒問字評風月時載酒調冰雪似初秋入夜淺涼欺葛人境不教車馬近醉鄉莫放笙歌歇倩

雙成一曲紫雲𢌞紅蓮折

夜行船　寓化度寺

鵶帶斜陽歸遠樹無人聽數聲鐘暮日與愁長心灰香斷月冷竹房扃户　畫扇青山吴苑路傍懷袖夢飛不去憶别西池紅綃盛淚腸斷粉蓮啼露

好事近　僧房聽琴

翠冷石牀雲海上偷傳新曲彈作一簷風雨碎芭蕉寒緑　氷泉輕瀉翠筒香林果薦紅玉早是一分秋意到

臨窗修竹

浣溪沙

波晝銅花冷不收玉人垂釣理纖鈎月明池閣夜來秋

江燕話歸成曉別水花紅減似春休西風梧井葉先

愁

風入松 雲麓園堂燕客

一番疎雨洗芙容玉冷珮丁東轆轤聽帶秋聲轉早涼

生坐傍井桐歡宴良宵好月佳人修竹清風 臨池飛閣

作青紅移酒小垂虹貞元供奉梨園曲稱十香深蘸璃鍾醉夢孤雲曉色笙歌一派秋空

鷓鴣天 化度寺作

池上紅衣伴倚闌棲鴉常帶夕陽還殷雲度雨疎桐落明月生涼寶扇閒　鄉夢窄水天寬小窗愁黛淡秋山吴鴻好為傳歸信楊柳閶門屋數間

虞美人影 詠香橙

黄包先著風霜勁獨占一年佳景點點吴鹽雪凝玉膾

和蘆令　洋園誰識黃金徑一棹洞庭秋興香薦蘭皐
湯鼎殘酒西窗醒
訴衷情
片雲載雨過江鷗水色澹汀洲小蓮玉慘紅怨翠被又
經秋　涼意思到南樓小簾鈎半窗燈暈幾葉芭蕉客
夢牀頭
花上月令
文園消渴愛江清酒腸怯怕深觥玉舟曾洗芙容水瀉

清氷秋夢淺醉雲輕　庭竹不收簾影去人睡起月空明瓦瓶汲井秋涼葉薦吟醒夜深重怨遥更

卜算子

涼挂曉雲輕聲度西風小井上梧桐應未知一葉雲鬟裊來雁帶書遲別燕歸程早頻探秋香開未開恰似春來了

秋霽　賦雲麓水園長橋

一水盈盈漢影隔游塵淨洗寒綠秋沐平煙日回西照

乍驚飲虹天北綵蘭翠馥錦雲直下花成屋試縱目空際酒來風露跨黄鵠　追想縹緲釣雪松江恍然煙蓑秋夢重續問何如臨池膾玉扁舟空艤洞庭宿也勝飲湘然楚竹夜久人悄玉妃喚月歸來挂笙聲裏水宫六六

鳳栖梧 甲辰七夕

開過南枝花滿院新月西樓相約同針線高樹數聲蟬送晚歸家夢向斜陽斷　夜色銀河情一片輕帳偷歡

銀燭羅屏怨陳迹曉風吹霧散簾鈎空帶蛛絲捲

江神子 喜雨上麓翁

一聲玉磬下星壇步虛闌露華寒平曉阿香油壁碾青鸞應是老鱗眠不得雲砲落海潮翻 身閒猶耿寸心丹炷爐煙暗祈年隨處蛙聲鼓吹稻花田秋水一池蓮葉晚吟喜雨拍闌干

齊天樂 飲白醪感少年事

芙容心上三更露茸香漱泉玉井自洗銀舟徐開素酌

月落空杯無影庭陰未瞑度一曲新蟬韻秋堪聽瘦骨侵冰怕驚紋簟夜深冷　當時湖上載酒翠雲開處笑雪畫波鏡萬感璚漿千莖鬢雪煙鎖藍橋花徑留連莫景但懶覓孤歡強寬秋興醉倚脩篁晚風吹半醒

賀新郎 湖山有所贈

湖上芙容早向北山煙深霧冷更看花好流水茫茫城下夢空指游仙路杳小蘿嶂雲屏親到玉雪肌膚春温夜飲湖光山緑成花貌臨澗水弄清照　著愁不盡宮

眉小聽一聲相思曲裏賦情多少紅日闌干鴛鴦枕畔在裙腰褪了算誰識垂楊秋裊不是秦樓無緣舊黙吴霜羞戴簪花帽但殢酒任天曉

霜天曉角 題胭脂嶺陶氏門

煙林褪葉紅藕藉游人屧十里秋聲松路嵐雲重翠濤涉 竚立閲素箑畫屏蘿嶂疊明月雙成歸去天風裏鳳笙浹

烏夜啼 桂花

西風先到岩扃月籠明金露啼珠滴翠小雲屏　一顆顆一星星是秋情香裂碧窗煙破醉魂醒

夜行船

逗曉闌干沾露水歸期杳畫簷鵲喜粉汗餘香傷秋中酒月落桂花影裏　屏曲巫山和夢倚行雲重夢飛不起紅葉中庭綠塵斜戶應是寶箏慵理

鳳棲梧 化度寺池蓮一花最晚有感

湘水煙中相見早羅蓋低籠紅拂猶嬌小妝鏡明星爭

晚照西風日送淩波杳　惆悵來遲羞窈窕一霎留連相伴闌干悄今夜西池明月到餘香翠被空秋曉

生查子　秋社

當樓月半奩曾買菱花處愁影背闌干素髮殘風露神前鷄酒盟歌斷秋香户泥落畫梁空夢想青春語

尾犯　甲辰中秋　舊刻失題

紺海掣微雲金井暮涼梧韻風息何處樓高想清光先得江汜冷氷綃乍洗素娥懽菱花再拭影留人去忍向

夜深簾户照陳迹　竹房苔徑小對日莫教煙碧露蓼
香輕記年時相識二十五聲聲秋點夢不認屛山路窄
醉魂悠颺滿地桂陰無人惜

慶春宮

殘葉翻濃餘香棲苦障風怨動秋聲雲影揺寒波塵鎖
䰀翠房人去深扃晝成淒黯雁飛過垂楊轉青闌干横
莫酥印痕香玉腕誰憑　菱花乍失娉婷别岸圍紅千
豔傾城重洗清盃同追深夜荳花寒落愁燈近歡成夢

斷雲隔巫山幾層偷相憐處重盡金篝消瘦雲英

霜天曉角 舊刻失題

香莓幽徑滑縈繞秋曲折簾額紅摇波影魚驚墜暗吹沫浪闊輕棹撥武陵舊話别一點煙紅春小桃花夢半林月

漢宫春 壽梅津

名壓年芳倚竹根新影獨照清漪千年禹梁蘚碧重發南枝氷凝素質遣凡桃羞濯塵姿寒正峭東風似海香

浮夜雪春霏　練鵲錦袍仙使有青娥傳夢月轉參移
逋山傍鷺鷥繫馬玉剪新辭宮妝鏡裏笑人間花訊都
遲春未了紅鹽薦舃江南煙雨黃時

西江月 丙午冬至

添線繡牀人倦翻香羅幙煙斜五更簫鼓貴人家門外
曉寒嘶馬　帽壓半簷朝雪鏡開千靨春霞小帘沽酒
看梅花夢到林逋山下

浣溪沙 中冬望後出迓履翁舟中即興

新夢游仙駕紫鴻數家燈火灞陵東吹簫樓外凍雲重

石瘦溪根船宿處月斜梅影曉寒中玉人無力倚東

風

戀繡衾

頻摩書眼怯細文小窗陰天氣似昏獸爐暖慵添困帶

茶煙微潤寶薰　少年嬌馬西風冷舊春衫猶涴酒

痕夢不到梨花路斷長橋無限暮雲

催雪

霓節飛瓊鸞駕弄玉杳隔平雲弱水倩皓鶴傳書衛姨呼起莫待粉河凝曉趁夜月瑶笙飛環珮蹇驢吟影茶煙竈冷酒亭門閉　歌麗泛碧蟻放繡箔半鉤寶臺臨砌要須借東君灞陵春意曉夢先迷楚蝶早風戾重寒侵羅被還怕掩深院梨花又作故人清淚

杏花天

鬢貧稜初翦玉纖弱早春入屏山四角少年買困成歡謔人在濃香繡幄　霜綠換梅殘夢覺夜寒重長安

紫陌東風入户先情薄吹老燈花半蔫

醉桃源 元旦

五更櫪馬靜無聲隣雞猶怕驚日華平曉弄春明莫寒愁翳生新歲夢去年情殘宵半酒醒春風無定落梅輕斷鴻長短亭

菩薩蠻

落花夜雨辭寒食塵香明日城南陌玉靨濕妝紅淚痕千萬重傷春頭竟白來去春如客人瘦緑陰濃日長

簾影中

夢窗丁稿

欽定四庫全書

夢窗補遺

宋 吳文英 撰

聲聲慢 閏重九飲郭園

檀欒金碧婀娜蓬萊游雲不蘸芳洲露柳霜蓮十分點綴殘秋新彎畫眉未穩似含羞低度牆頭愁送遠駐西臺車馬共惜臨流 知道池亭多宴掩庭花長是驚落秦謳膩粉闌干猶聞凭袖香留輸他翠漣拍甃瞰新妝

終日凝眸簾半捲帶黃花人在小樓

倦尋芳 餞周糾定夫

暮帆挂雨氷岸飛梅春思零亂送客將歸偏是故宫離苑醉酒曾同涼月舞尋芳還隔紅塵面去難留悵芙容路窄緑楊天遠 便繫馬鶯邊清曉烟草晴花沙潤香軟爛錦年華誰念故人遊倦寒食相思隄上路行雲應在孤山畔寄新吟莫空回五湖春雁

絳都春 為清華內子壽

香深霧暖正人在錦瑟年華深院舊日漢宮分得紅蘭滋吴苑臨池羞落梅花片弄水月初勻妝畫紫煙籠處雙鸞共跨洞簫低按　歌筦紅圍翠袖凍雲外似覺東風先轉繡畔晝遲花底天寬春無限仙郎驕馬瓊林宴待捲上珠簾教看更傳鸎入新年寶釵夢燕

唐多令 惜別

何處合成愁離人心上秋縱芭蕉不雨也颼颼都道晚涼天氣好有明月怕登樓　年事夢中休花空煙水流

燕辭歸客尚淹留垂柳不縈裙帶住謾長是繫行舟

法曲獻仙音 和丁宏菴韻

落葉霞翻敗窗風咽暮色淒涼深院瘦不關秋淚縁生別情銷鬢霜千點悵翠冷搔頭燕那能語恩怨 紫簫遠記桃枝向隨春渡愁未洗鉛水又將恨染粉縞澀離箱忍重拈燈夜裁剪望極藍橋綵雲飛羅扇歌斷料鸚籠玉鑠夢裏隅花時見

好事近 秋飲

雁外雨絲絲將恨和愁都織玉骨西風添瘦減尊前歌力 袖香闕 醉紅腮依約唾痕碧花下凌波入夢引春雛雙鵷

憶舊遊別黃澹翁

送人猶未苦苦送春隨人去天涯片紅都飛盡陰陰潤綠暗裏啼鴉賦情頓雪闕 飛夢逐塵沙歎病渴淒涼分香瘦減兩地看花 西湖斷橋路想繫馬垂楊依舊欹斜葵麥迷煙處問離巢孤燕飛過誰家故人為寫深

怨空壁埽秋蛇但醉上吳臺殘陽草色歸思賒

宴清都

病渴文園久梨花月夢殘春故人舊愁彈枕雨哀翻帽雪為情僝僽千金醉躍驕驄試問取朱橋翠柳痛恨不買斷斜陽西湖醞入春酒 吳宮亂水斜煙留連倦客慵更回首幽蛩韻苦哀鴻叫絕斷音難偶題紅泛葉零亂想夜冷江楓暗瘦付與誰一半悲秋行雲在否

金縷歌 陪履齋先生滄浪看梅

喬木生雲氣訪中興英雄陳迹暗追前事戰艦東風慳借便夢斷神州故里旋小築吴宫閒地華表月明歸夜鶴歎當時花竹今如此枝上露濺清淚　遨頭小簇行春隊步蒼苔尋幽別塢看梅開未重唱梅邊新度曲催發寒梢凍蕋此心與東君同意後不如今今非昔兩無言相對滄浪水懷此恨寄殘醉

欽定四庫全書

夢窗補遺 四

夢窗補遺